Sp Sep
Sepúlveda, Luis, 1949-
Los peores cuentos de los
hermanos Grim /

34028058837452
CYF ocm57730578

Los peores cuentos
de los hermanos Grim

Seix Barral Biblioteca Breve

Luis Sepúlveda
Mario Delgado Aparaín
Los peores cuentos
de los hermanos Grim

> Sepúlveda, Luis
> Los peores cuentos de los hermanos Grim / Luis Sepúlveda y Mario Delgado Aparaín.- 1ª ed.- Buenos Aires : Seix Barral, 2004.
> 224 p. ; 23x14 cm.
>
> ISBN 950-731-442-3
>
> 1. Narrativa Chilena I. Aparaín, Mario Delgado II. Título
> CDD Ch863

Diseño de colección:
Josep Bagà Associats

Diseño de cubierta:
Carolina Cortabitarte

© 2004, Luis Sepúlveda y Mario Delgado Aparaín

Derechos exclusivos de edición en castellano
reservados para América Latina y Estados Unidos:
© 2004, Grupo Editorial Planeta S.A.I.C. / Seix Barral
Independencia 1668, C1100ABQ Buenos Aires
www.editorialplaneta.com.ar

1ª edición: noviembre de 2004

ISBN 950-731-442-3

Impreso en Grafinor S. A.,
Lamadrid 1576, Villa Ballester,
en el mes de octubre de 2004.

Hecho el depósito que indica la ley 11.723
Impreso en la Argentina

Ninguna parte de esta publicación, incluido
el diseño de la cubierta, puede ser
reproducida, almacenada o transmitida
en manera alguna ni por ningún medio,
ya sea eléctrico, químico, mecánico,
óptico, de grabación o de fotocopia,
sin permiso previo del editor.

Introducción de José Sarajevo

Mis predecesores en el estudio de la vida de los legendarios mellizos Abel y Caín Grim, fueron una ayuda inestimable para la realización de este libro que, ahora, dos autores faltos de escrúpulos publican bajo sus nombres sin que nadie se pregunte por qué. Los profesores Segismundo Ramiro von Klatsch y Orson C. Castellanos destacan como verdaderos pioneros en este campo, por más que los libros dedicados al tema de los payadores de América del Sur son incontables y, aunque proliferan con terca voluntad de hongos, la mayoría de ellos son muy difíciles de encontrar, salvo que se cuente con discutibles amistades entre los bibliotecarios, bibliófilos y otras gentes de peor vivir.

Textos objetivos acerca de la biología del payador, historias de las costumbres sexuales de los payadores a través de los siglos, tratados neurológico-psiquiátricos respecto del payador perseguido, casos de aberraciones musicales, leyendas negras del charango y otros temas similares, forman parte de un casi interminable temario en torno a este arte en extremo solitario y volátil. Sin embargo, en tan abundante catálogo se observa una vasta omisión: Nadie, que yo sepa, ha escrito un volumen exhaustivo que revele una imagen aproximada de los mellizos Grim y su incidencia fantasmal sobre el desarrollo y profundidad máxima del contrapunto cantado. Hasta ahora, demasiados biógrafos excluyeron, pasaron por alto, o simplemente evitaron el bulto confiados en que algún día la Biblioteca Argentina de la Música, el Conservatorio de Música Autóctona del Uruguay o la chilena Sociedad de Amigos de La Scala, desclasificaría algunos documentos secretos que supuestamente trataban de la subversión panfletaria en la que incurrió Caín Grim, y en la que llegó a atacar la integridad de los himnos nacionales a un lado y otro del Río de la Plata e incluso el de Chile, al que intentó infructuosamente tergiversar y darle un aire de bolero durante una noche de juerga en 1927, en una unidad militar de Antofagasta.

Aferrándose de manera tan provocadora como descarada a los versos de Eusebio Lillo, que rezan: "y ese campo de flores bordado / es la copia feliz del edén" que cantó al compás del famoso bolero titulado *Vanidad*, ayudado por dos maracas de innoble confección, Caín Grim extendió uno de sus diminutos dedos y señaló el vasto desierto de Atacama a los enardecidos soldados, que pasaron de la natural euforia castrense, a la depresión que siempre suscitan en ellos las grandes verdades.

De vez en cuando, durante la engorrosa recopilación y clasificación de estas cartas, tropecé con largos fragmentos suprimidos y dedicados a información de carácter íntimo acerca de un gobernador provincial argentino, alguna reina europea o un genio científico con la vida desbaratada por las interrogantes y la absenta, que nada tenían que ver con la vida de los mellizos Grim.

Esos vacíos se convirtieron en la razón que me llevó a viajar a Tortitas, Patagonia, y a hurgar noches enteras en los cajones de la pulpería en ruinas donde el profesor von Klatsch solía guardar las cartas del profesor Castellanos. El resultado de ese viaje se lo debo enteramente a los dulces mecenas sobrevivientes de la Cooperativa de Apicultores del Baker, que supieron apoyar con ilimitada generosidad la labor del profesor von Klatsch, al que alimentaron de miel y alfalfa durante los dos años que duró su labor. Fueron ellos quienes me aportaron las cinco primeras cartas de las que aquí se exhiben por primera vez. De allí volé en un viejo Piper de dos puertas al pueblo de Mosquitos, en donde, tras una extenuante investigación dentro de las bibliotecas personales de los linyeras del pueblo o en el depósito de botellas del bar Euskalduna, me fue posible obtener casi la totalidad de la información enviada por el profesor von Klatsch a través de su correspondencia epistolar con Orson C. Castellanos.

Recién entonces me fue posible entender que Abel y Caín Grim fueron unos sujetos realmente peculiares, cuya condición de mellizos llevó a que en muchas pulperías patagónicas se les siga recordando hasta nuestros días como los Mellizos Grim. De tez bronceada, delgado y correoso, Abel siempre hizo gala de un buen humor insuperable y sobrepasaba el metro ochenta de estatura. Caín, en cambio, apenas se elevaba sobre el metro cincuenta, su contextura podía definirse como rechoncha, y era dado a largos silencios interrumpidos por las sartas de insultos que dedicaba a todo el que lo sacara de sus prolongados ensimismamientos. Dada sus diferencias corporales, al andar juntos lo hacían con movimientos que buscaban una cierta sincronía; Abel, intentaba acortar la longitud de sus largos trancos mientras Caín procuraba mantener la velocidad de su hermano valiéndose para ello de un sistemático trotecito. Alguien dijo alguna vez que esos dos tipos se movían con un andar "sereno y trémulo al mismo tiempo", y así pasaron a la historia en Tortel, Coyhaique, Puerto Aysén, Balmaceda, Río Mayo, Comodoro Rivadavia y Tortitas. Es decir, como dos gauchos de andar sereno y trémulo.

Pero más allá de sus diferencias, ambos eran estupendos jinetes, dominaban el arte de castrar borregos con los dientes, y una cierta unanimidad de memoria dice que como parrilleros eran francamente detestables. Sin embargo, considerando las costumbres etílicas de los ovejeros, resultaban bastante moderados en sus hábitos alcohólicos: jamás se los vio borrachos más de dos semanas seguidas.

Con justicia el lector se preguntará cuál fue su origen o cómo llegaron hasta allí. A decir verdad, en una fecha que nadie consigue precisar, los Mellizos Grim saltaron a tierra desde una balsa en las inmediaciones de Tortitas a inicios del primer cuarto del siglo XX. Aparecieron empapados por la lluvia y por las aguas del Baker, torrentoso río patagónico al que cayeron en varias ocasiones durante una navegación iniciada en algún lugar que ellos no querían recordar y que, de no haber varado la balsa en una roca, los habría arrojado a las mortales marejadas del Golfo de Penas, en el estrecho de Magallanes.

Hablaban un español lento, casi arcaico, adornado con ciertas confusiones aceptadas por los lugareños como una "tenaz impronta poética" de dos payadores que, cuando se acompañaban de la guitarra y empezaban a versear, había que quitárselas a puñetazos.

El origen o la razón de sus nombres también pertenece a la sobriedad patagónica. Simplemente es necesario tener un nombre y no importa de dónde diablos sale. Un viejo pescador de Puerto Chacabuco sostiene que se llamaban así porque el padre, un luterano arrepentido, quiso de esa manera corregir la infamia bíblica. Una mujer de Alto Palena, en cambio, cuenta una versión más verosímil y asegura que los padres de los Mellizos Grim llegaron como colonos a un páramo frecuentado por zorros, huiñas y pumas que les disputaban el sustento. La madre mantenía a raya a las fieras con una escopeta, y de tanto disparar los golpes de retroceso del arma terminaron por aplanarle el seno derecho, así que, cuando los mellizos nacieron, sólo disponía de una fuente nutricional para amamantarlos. Los pequeños disputaban esa única teta con toda la saña del que quiere vivir y, al verlos enzarzados, el enternecido padre comentó: "Estos muchachos serán como Caín y Abel".

En la Patagonia jamás preguntan si la gallina es negra o castellana, lo que importa es que ponga huevos. Con similar desidia los patagones ignoran o suelen ser indiferentes a los orígenes del recién llegado, de tal manera que, para algunos, los Mellizos Grim eran alemanes fugados del frenesí pederasta de sus compatriotas asentados en Colonia Dignidad, teoría discutible pues si bien es cierto que a comienzos del siglo XX ya había alemanes pederastas en el mundo austral, también lo es que todavía no se fundaba el enclave de pederastas y torturadores tan apoyado por el bávaro Franz Joseph Strauss. Para otros eran croatas engañados, traídos por ganaderos sin escrúpulos luego de asegurarles que las costas patagónicas eran tan paradisíacas como las adriáticas. O que se trataba de galeses, según otros, empeñados en galopar por las pampas ralas y los bosques infinitos buscando un lugar para plantar sus cardos y abrir casas de té. Lo importante es que habían llegado y que, con sus narraciones, acortaban los largos inviernos, las lentas noches, o los días de nevazón en que los hombres y mujeres agradecen una historia bien hilvanada mientras la calabaza del mate va pasando de mano en mano.

Las páginas que siguen, sometidas al rigor del tiempo que todo lo borra, intentarán, sin embargo, reconstruir un interesante período de las vidas de estos míticos mellizos que por espacio de algunos años se ausentaron de las tierras australes, y aparecieron casi por arte de birlibirloque en las orientales llanuras del Uruguay, enriqueciendo la saga gauchesca de las Minas de Cuñapirú y provocando una engominada envidia en Carlitos Gardel. Esto, que muy bien podría haber sido una gira más de los artistas itinerantes, tuvo sin embargo una interesante característica: algún día de 1927, los mellizos se entregaron al placer de las vidas unipersonales, dejaron de ser el dúo, la pareja, o "la yunta", según el decir gauchesco. Caín desapareció y a su hermano no pareció importarle, en realidad no le importó a nadie que se sepa, pero, paradójicamente, Abel Grim se preocupó de buscar acompañantes, "partenaires" que coincidieran con el miserable aspecto fisiológico de su hermano.

El desaparecido mellizo, entre tanto, deambulaba lejos, por el profundo Uruguay, por el profundo Brasil, y por el profundo Paraguay, viviendo mil aventuras profundas y, curiosamente, siempre en compañía de sujetos dudosos, artistas de "varieté", equilibristas ya anquilosados por la artrosis y jubilados del Monte de Piedad que se parecieran físicamente a su austral hermano.

Con minuciosa prolijidad de Sherlock Holmes criollos, los doctores Orson C. Castellanos y Segismundo Ramiro von Klatsch, desde puntos tan lejanos como Mosquitos, en Uruguay, y Tortitas en la gélida orilla norte del Estrecho de Magallanes, mantuvieron un duelo epistolar cruzando las armas de sus respectivos conocimientos, sabiduría y erudición sobre el tema, para concluir de un modo intempestivo y sereno como se verá más adelante, que la vida de estos prodigiosos mellizos estaba llena de cuentos y, como asegura el hostelero Emerson Polilla, huésped de la residencia geriátrica de Port Stanley en Las Malvinas, al hablar de ellos siempre se contaron Los Peores Cuentos de los Hermanos Grim.

Tal vez los lectores se pregunten cuánto de verdad hay en estos documentos sobre el comportamiento humano de estos dos músicos en estado primitivo libre de impurezas. Lo más probable es que, al igual que yo, jamás encuentren la verdadera respuesta. La única esperanza que abrigo al respecto, es que este libro integrado por las cartas de los ilustres investigadores que componen un retrato vibrante y acabado de toda una época a la intemperie, les resulte tan esclarecedor como entretenido. Si no es así, lo siento mucho.

José Sarajevo[*]

---

[*] José Sarajevo (Macedonia, 1949) es, sin la menor duda, el gran maestro contemporáneo de la biografía epistolar. Ha vendido más de ciento veinte fotocopias de sus trabajos y ha sido traducido a seis jergas —entre ellas la uruguaya y la chilena—, a nueve dialectos y dos lenguas muertas, el arameo y el inglés de Missouri. En *Los peores cuentos de los Hermanos Grim*, José Sarajevo regresa al tema de la música autóctona de donde nunca debió irse y que diera lugar a dos de sus libros más famosos: *Romero y Julieta. Apología del silbido balconero* y *La lujuria musical de los indios paranoides*, en donde su vida azarosa y sedentaria lo convierte temerariamente en un integrante más de esa tribu establecida a orillas del caudaloso río Paraná, cuyos integrantes mantienen día y noche un receloso temor a las inundaciones. Actualmente, Sarajevo continúa escribiendo en la ciudad argentina de Concordia, en donde vive apaciblemente en un apartamento de dos dormitorios junto a Socorro, su mujer, y los seis hijos de ella.

Carta N° 1

Estimado Profesor Dr. Orson C. Castellanos
Mosquitos, Uruguay

Estimado profesor: he tomado la decisión de escribirle con la intención de apelar a su proverbial generosidad —a la que espero ser capaz de responder dignamente—, para solicitar de usted información respecto de los hermanos Grim, conocidos también como Los Mellizos Grim en esta parte del orbe.

Me propongo, gracias a un estipendio concedido por la Cooperativa de Apicultores del Baker, escribir una biografía indiscreta, más bien una crónica de "andanzas" de los Mellizos Grim, y recurro a usted dado que, en su brillante introducción a la nueva guía de teléfonos de Mosquitos, cita y evoca el destino de los dos hermanos. Dice usted con envidiable sobriedad: "y pensar que hubo hombres como los Mellizos Grim que nunca recibieron una llamada"[1]. Tamaña alusión me llenó de inquietud, puesto que es la única referencia conocida al paso de los Grim por la patria de Artigas.

---

[1] "¿Aló?... ¡Aló!" Prof. Dr. Orson C. Castellanos. Prólogo laudatorio a la Nueva Guía de Teléfonos de Mosquitos. Uruguay. 1960.

Estimado profesor Castellanos, me permito en consecuencia enviarle las primeras páginas de mi obra en ciernes que, respetuosamente, someto a su sabia consideración. Le estaré sumamente agradecido si me envía una respuesta cuanto antes le sea posible. Mis mecenas, los apicultores del Baker, son dulces a la hora de dar, mas muy empalagosos con las exigencias.

Confío en que esta carta llegue pronto a sus manos, que el barco del correo zarpe sin dificultades y que nada desvíe su rumbo, ya que en esta época del año las aguas australes se ven conmovidas por el penoso y acaso censurable comportamiento de las cetáceos, frenéticos en el afán de aparearse. Por decirlo de alguna manera y parafraseando a los paisanos de acá, "no se imagina cómo joroban estas ballenas cluecas".

Lo saluda muy cordialmente su amigo y agradecido admirador

Profesor Segismundo Ramiro von Klatsch

Carta N° 2

Profesor Dr. Segismundo Ramiro von Klatsch
Tortitas, Patagonia

Distinguido colega:

Grata, muy grata sorpresa me provocó el haber recibido una carta de usted, tan lejano para mí en su inmenso prestigio de antropólogo andariego por esas tierras en donde los mapas están de más. En realidad, para serle franco, el solo hecho de haber recibido una carta, trocó rápidamente la sorpresa en conmoción, pues desde los tiempos de la dictadura militar tengo una enemistad a muerte con el cartero que, para vergüenza de la democracia que ahora gozamos, aún no ha sido destituido de su función postal. Se trata de un perverso fascista que castiga mi libertad de pensamiento tirando sistemáticamente mi correspondencia al basurero municipal, sometiéndome a un oprobioso aislamiento del resto del mundo. De modo que, si alguna vez recibo una epístola, es porque algún comedido bichicome como el que ha tocado hoy a mi puerta, la encuentra entre las basuras del pueblo y me la trae a casa a cambio de un tortillón de papas, cebollas de verdeo y huevos enanos preparados con extrema unción por mí mismo.

Cuando dos horas después logré reponerme de la conmoción, el bichicome todavía estaba ahí, en la cocina, como el dinosaurio de Monterroso, atragantándose con el sancocho que yo le había preparado, y leyendo su interesante misiva patagónica con la compleja consulta acerca de los mellizos Grim.

De más está decir que reaccioné quitándole la carta de un sopapo al atrevido holgazán y devolviéndolo de inmediato a la calle con todos sus piojos, única forma de hacerme un ambiente propicio para comentar, con la tranquilidad que el tema exige, algunos puntos por usted enunciados y que, no por menos interesantes y desconocidos para mí, dejan de resultarme, con todos los respetos, materia de controversia.

Sin embargo, antes de entrar en el tema, quiero aclararle que mi interés por los mellizos Grim durante sus fugaces ingresos y salidas del territorio uruguayo, se debe a un detalle peculiar que, de no haber existido, hubiese abonado en mí una absoluta indiferencia hacia la azarosa vida de esos muchachos.

En efecto, ellos atrajeron mi atención por primera vez cuando mi difunto tío Rupert Castellanos, me contó que los había conocido durante una actuación en el Circo Criollo de los Hermanos Podestá en 1929, en donde además de seducir al público con sus milongas y contrapuntos de canto y guitarra, encantaban de paso a una anaconda amazónica, a la que hacían lagrimear dormida mientras la mantenían enhiesta cual un mástil de cuatro metros, al que poco faltaba para llegar al techo de la carpa.

El tío Rupert contaba que la bestia despertaba violentamente y se desplomaba con un estruendo de torre gemela, cuando un acróbata conocido como Pancho Lancaster le pateaba la cabeza al pasar como una saeta en su trapecio, haciendo coincidir el abrupto despertar del ofidio con el rasguido final de Caín Grim.

Como le he adelantado, benemérito profesor von Klatsch, no fue únicamente ése el detalle de marras que atrajo mi interés en los dos payadores patagónicos, sino la peculiaridad de que fuera sólo Abel Grim el que usara invariablemente la guitarra para cantar sus desafíos improvisados. Caín, que como usted bien sabrá tenía el terso humor de un perro cimarrón, había optado por frecuentar cada vez más el charango durante los espectáculos de la carpa. Mi tío Rupert, cuyo testimonio oral aún conservo como una reliquia, me contó que en una de sus conversaciones con Abel Grim en el Bar Ezkalduna, el mellizo le comentó la razón del uso de aquel instrumento, por demás exótico para nosotros por entonces.

Esta conversación tuvo lugar un 2 de noviembre frente a la puerta del cementerio de Mosquitos, pues mi tío Rupert nunca fue ajeno a la celebración del día mundial de la tristeza. Aquel día, se suponía que los mellizos no cantarían en ninguna parte, por respeto. Sin embargo, se dio la exasperante paradoja de que Caín Grim, pese a su talante atrabiliario, se paseó a las risas por las calles del pueblo, sin ningún motivo aparente y con el charango en la mano, generando disturbios y provocando innecesariamente violentas reacciones a los transidos de dolor.

Debo puntualizar que ese interesante charango, profesor von Klatsch, no fue hijo de la casualidad sino de la necesidad. En efecto, harto ya de que su hermano Abel lo hiciera cargar durante las giras artísticas con las guitarras, las ollas, los mates, las calderas, las botas charoladas blancas imprescindibles en el espectáculo y los ponchos de vicuña, mientras él saludaba mujeres con ambas manos libres, Caín Grim se embotelló en una idea obsesiva que al final dio su frutos: encontrar un instrumento de escaso peso, portátil, que se pudiera tocar al aire libre y a cinco mil metros de altura, pero que al mismo tiempo conservara la majestuosidad de la guitarra. La solución se le presentó, no en territorio chileno, argentino o boliviano, sino aquí mismo, en el Uruguay, en las sierras de Minas, para ser exacto. Ocurrió cuando un armadillo —o "mulita" como se le denomina por estos lares— se le atravesó en el camino, y aquel animalito que tanto había asombrado a Humboldt por su asombrosa similitud a un Volkswagen, abandonó abruptamente su vida silvestre y se dedicó para siempre a la música. Es decir, a Caín Grim se le ocurrió la feliz idea de degollar la mulita, vaciar el caparazón y ponerle cuerdas de guitarra en el espacio donde antes tenía la barriga.

    A partir de entonces, ante aquella sonora disparidad de criterios instrumentales para abordar el arte de los payadores, comencé a interesarme en silencio por los Mellizos Grim, pues siempre creí que estaba solo en esta búsqueda de sus rastros por el universo. Afortunadamente su fraterna y cordial misiva me demuestra que no es así, y asumo con placer el desafío de contrastar nuestros mutuos conocimientos acerca de estos personajes de leyenda.

    Finalmente, le pediría que no mencione más mi trabajo en torno a lo que, en un tiempo afortunadamente pretérito, fue la revolucionaria guía de teléfonos de Mosquitos, porque además de convertirse en una frustración intelectual, el extenuante trabajo resultó un verdadero fiasco de la comunicación humana que me costó un doloroso y largo insilio en mi propia casa. Ahora, si tuviese que resumir las razones de aquella frustración lo haría con una sola frase: luego de mi fatigoso trabajo, si usted llama por teléfono a cualquier habitante de Mosquitos, no le contestará nadie.

Con la mayor distensión e inquieto por continuar este estimulante intercambio de cientificismos, lo espera

Orson C. Castellanos

Carta Nº 3

Estimado Profesor Dr. Orson C. Castellanos
Mosquitos, Uruguay

Egregio profesor: con gran placer he recibido su atenta carta que me ha llegado algo húmeda y desteñida por culpa de la escandalosa conducta de los cetáceos que insisten en aparearse chapoteando en las prístinas aguas del Golfo de Penas. Lo hacen, no con la parsimoniosa reserva que la naturaleza decidió para los mamíferos mayores, sino alocadamente, frenéticamente, hasta podría agregar, si me lo permite, con pertinaz e insistente desvergüenza. Y no son solamente las ballenas las que arman este, como tan simpáticamente dicen en sus orientales tierras, *quilombo*, sino también los pingüinos, aves flemáticas donde las haya, que han abandonado su proverbial monogamia para entregarse a toda suerte de escarceos amatorios en los que no distinguen plumas de escamas, y más de un congrio o de una merluza ha visto agraviado su honor submarino.

Las lenguas viperinas de los lugareños dicen que todo se debe al naufragio del *Almirante Menem*, vapor de bandera siria que se hundió en las idílicas aguas del golfo hace algunos meses, y que al parecer no sólo cargaba la yerba mate "taragüí" que su capitán declaró en la capitanía de puerto, sino también unas doscientas toneladas de farlopa que se fueron a pique junto con el barco. Puede ser, pues yo mismo he contemplado preso de legítima indignación, el tan lamentable como censurable espectáculo de dos centollos abrazados en la playa mientras alzaban dos patas cada uno, en un triste remedo del símbolo de la paz o la "v" de la victoria. Puede ser, mas el rigor científico me prohíbe confiar en las expresiones de la chusma.

Decía anteriormente que su esperada carta me llegó algo húmeda y desteñida, aunque legible, debido a que los cetáceos volcaron dos veces la lanchita del correo y el desdichado Miguel Strogoff —así llaman los deslenguados de estas tierras al noble cartero—, contrajo una pulmonía de la que ahora se repone sobre unos cueros de oveja que le improvisaron en la pulpería. Pobre hombre, en su febril delirio repite y repite que un pingüino de pestañas rizadas insistía en picotearle los labios.

Pero basta ya de anécdotas intrascendentes, admirado profesor. Pasemos ahora al deslumbrante contenido de su misiva, a sus palabras que para mí son como un faro en la larga noche austral.

Los antecedentes reunidos sobre los Mellizos Grim me llevan a suponer, y en esto solicito de su mesurada opinión, que tal vez por el hecho de haber sido siempre Caín el que cargaba con los trastos, instrumentos, vituallas y otros caprichos de su hermano, pudo haberse creado en el joven petiso un cierto solapado rencor que lo confinaba a los derroteros del silencio que lo hicieron célebre. Los mal pensados y peor hablados de por acá, aseguran que Caín se pasaba "rumiando la bronca", y que su hermano Abel, al verlo así, amurrado, con la cabeza hundida entre los omóplatos y tirando piedritas al Baker le decía: "ya estamos de nuevo pergeñando cuentos".

Como usted muy bien ha de saber, distinguido profesor Castellanos, Caín Grim fue el autor, por así decirlo, de la mayoría de las composiciones que cantó Abel, mas por desgracia jamás consiguió llegar hasta el final de ninguna, pues los silbidos, los objetos insultantes que les lanzaban, preferentemente boñigas de vaca, lo llevaban del fracaso escénico al escarnio fraternal, y se ensañaba con el pobre petiso culpándolo de crear temas que no interesaban al gauchaje feroz.

¿Tuvieron similar suerte con el número de la anaconda hipnotizada en sus actuaciones en el circo criollo de los Hermanos Podestá? Su venerable tío Rupert Castellanos, cuyo deceso lamento sinceramente, o algún contertulio del prestigioso bar Euzkalduna, ¿recuerdan, por así decirlo, alguna de las canciones que arrullaban a la silente anaconda?

Se lo consulto, admirado profesor, porque los desmemoriados de por acá recuerdan retazos de un tema compuesto por Caín Grim, alusivo a "un bicho largo como un lunes" y que fue casi cantado junto a su hermano Abel en la estancia que don Juan de Dios Wayne viudo de Silver, tenía en lago Cochrane. Esto ocurrió el 20 de marzo de 1937, día internacional de la gomina según la extinta Sociedad de las Naciones.

Don Juan de Dios Wayne viudo de Silver en realidad no se casó nunca, pero cuando murió su yegua Silver, una tordilla de ancas soberbias, se declaró embargado por el dolor infinito de la viudez y se firmó así hasta el fin de sus días. En cierta ocasión anterior a la fecha que nos ocupa, don Juan de Dios Wayne viudo de Silver hizo un estupendo negocio con un trío de ingleses y decidió celebrarlo con una fiesta criolla. Hombre templado en la frugalidad y el ascetismo propios de los pioneros patagónicos, mandó a tirar seis vacas a la parrilla y unas cuantas ovejas para hacer hambre. Fiel a los mandatos del espíritu que reclamaban la imprescindible poesía, ordenó que invitaran a los mejores payadores de la región, mas el hombre propone y otras fuerzas disponen, estimado profesor: dos días antes de la fiesta llegó el crudo invierno con sus persistentes nevadas, ningún payador de Río Gallegos, de Río Mayo, de Aysén o Palena consiguió abrirse paso entre la terca nieve, de tal manera que don Juan de Dios Wayne viudo de Silver ordenó que le "arrearan a los Mellizos Grim".

Así lo hicieron sus incondicionales peones, chusma obtusa que, sin los miramientos y regalías propias del artista, los condujeron entre risotadas brutales y fustazos en los lomos hasta el lugar de la fiesta.

En la Taberna del Guanaco, dudoso establecimiento que no merece ni la mínima comparación con el mundialmente famoso Bar Euzkalduna, tuve ocasión de hablar con un sujeto de pasada conducta a todas luces reprobable, que se negó a confesar su verdadero nombre y prefirió identificarse con su atrabiliario alias de "Choro de las Pampas". Como usted bien supone, amigo y maestro —sus conocimientos ictiológicos también han llegado allende Los Andes—, lo de choro le venía por el molusco llamado también mejillón, negro y terco a la hora de abrirse.

El tal Choro de las Pampas me aseguró haber sido testigo del "arreo" de los Mellizos Grim hasta la estancia de don Juan de Dios Wayne viudo de Silver, que en paz descanse. Los dos payadores llegaron y de inmediato fueron confinados al extremo lúgubre donde se arrojaban los huesos del festín. No les ofrecieron ni una empanada, ni una molleja, ni un chinchulín, ni una rodaja de ubre, menos de criadillas o de riñón. Abel Grim se aferraba a la guitarra mientras su hermano Caín roía estérilmente un resto de costilla chamuscada. A su espalda colgaba un extraño instrumento, algo que fue durante años y años, incluso para mí, un misterio, hasta que su ponderada carta terminó por dilucidarlo. No era un bombo legüero deformado por la humedad, tampoco era un escobillón con pretensiones de violoncello; era un charango, sí, tal vez el mismo charango que se fabricó en las orientales tierras uruguayas luego de sacrificar al simpático animalito que fascinó a Humboldt, y que los de por acá llaman quirquincho.

Si me permite, admirado profesor, este animal punzante ha merecido la admiración de muchos europeos. Se sabe que durante una época de su vida, Abel Grim se cubrió la cabeza con la carcasa de un quirquincho. Su forma de óvalo achatado se amoldaba al cráneo del hombre y el bicho como tal era mucho más barato que una boina gallega, un chambergo sanjuanino o una chupalla de Chillán. La coincidencia quiso que pasara por estas tierras un ciclista belga, le pidió a Abel Grim permiso para probárselo pedaleando en su bicicleta, ponderó sus virtudes aerodinámicas, y se lo compró. Años más tarde Abel Grim vio su carcasa de quirquincho en una publicación deportiva. Cubría la cabeza de un tal Eddy Merckx y estaba adornado con propaganda de la cerveza Stella Artois.

El Choro de las Pampas me aseguró que, cuando las brasas de las parrillas languidecían y el feroz malevaje se daba a la caña y al mate, don Juan de Dios Wayne viudo de Silver llamó a los payadores, a los Mellizos Grim, y los conminó a "hacer alguna gracia" si querían dar cucharadas al puchero.

Sublime momento, admirado profesor. El eximio Demóstenes de cara al vulgo espartano. Abel Grim pulsó las cuerdas de la helada guitarra, su hermano Caín guardó en un bolsillo el hueso que todavía tenía hilachas de carne y alzó el charango. Esa noche, y al parecer fue una de las pocas en que así lo hicieron, anunciaron que payarían "a lo humano" la historia de un zapatero pobre al que le habían encargado con suma urgencia un par de zapatos. Ahí se escucharon los primeros silbidos y volaron bolas de nieve que escondían injustas boñigas. Qué sabía de zapatos el burdo peonaje acostumbrado a las alpargatas.

Los Mellizos Grim, ingenuamente confiados en las bondades apaciguadoras de la excelsa prosa, continuaron desgranando la paya a lo humano, contando cómo, durante la noche, dos enanitos desnudos confeccionaron con admirable diligencia los zapatos que el buen zapatero encontró listos al despertar. A esta altura de la paya consiguieron algún silencio, las libidinosas bestias que tenían por público soltaban en voz baja sus apreciaciones soeces acerca de los "enanos en bolas". Pero cuando la paya siguió, y las voces de los Mellizos Grim, con criollo acento describieron la mañana en que el zapatero y su mujer, tras descubrir a los enanos, decidieron agradecerles el trabajo confeccionándoles diminutos vestidos que cubrieran sus vergüenzas, lo más nefasto del peonaje salió a flote, y sobre los Mellizos Grim llovieron huesos, bolas de nieve, boñigas y hasta un par de facones que rebotaron en el duro charango.

"¡Capen a esos mierdas!", gritó don Juan de Dios Wayne viudo de Silver.

"Es que no rimaban bola con cola", aseguró dándoselas de experto en métrica el Choro de las Pampas.

Su tan bien explicitada carta, amable sabio oriental, me ha entregado varias respuestas y, alabado sea el sine qua non del rigor científico, me plantea nuevas dudas. Según el Choro de las Pampas, uno de los gauchos más feroces de aquella noche nefasta para la poesía popular, era un tal Pancho Lancaster, sin duda el mismo trapecista y seguidor de Caín Grim que usted menciona, afamado capador de borregos de Chile Chico, y responsable del mantenimiento de los postes del telégrafo en la región. Lancaster fue uno de los dos afuerinos que sin embargo de la nevazón acudieron a la fiesta, pues llegaron en una motocicleta conducida por un rubio desconocido que se presentó como Esteban Macuín. ¿Sabe usted algo de este sujeto?

Espero, sabio amigo y admirado maestro, que esta carta llegue pronto a sus manos. Emerson Polilla, nefasto tipejo que administra la pulpería, anuncia que mañana expulsará al cartero por insolvencia. Confiemos en que la abnegación de este funcionario de Correos y Telégrafos de Chile le dé fuerzas para nadar entre el lujurioso desmadre de los cetáceos, entienda que el pingüino de pestañas rizadas fue una visión alucinada, y alcance al escampavías "Comodoro Rompepalla" que lo espera en el horizonte del golfo.

Para terminar, estimado profesor, y si es que le sirve de consuelo, sepa que la ingratitud con que fue recibido su estupendo Prólogo Laudatorio a la Nueva Guía de Teléfonos de Mosquitos, es similar a la que yo obtuve tras la publicación de mi "Presencia Dálmata en Sudamérica: estudio comparativo de las guías telefónicas de Santiago y Montevideo"[2]. Paciencia y abnegación, distinguidísimo profesor Castellanos. Es el precio de la luz en un siglo de 25 wattios.

Con mi más alta consideración y gratitud

Profesor Dr. Segismundo Ramiro von Klatsch

---

[2] "Presencia Dálmata en Sudamérica: estudio comparativo de las guías telefónicas de Santiago y Montevideo" Prof. Dr. Segismundo Ramiro von Klatsch, Ediciones del Ateneo de Alcohólicos Anónimos, "AAA", Santiago de Chile. 1965.

Carta Nº 4

Doctor Prof. Segismundo Ramiro von Klatsch
Tortitas, Patagonia

Amigo mío: hoy, a los treinta y un días de haber recibido su última carta, y cuando ya me había resignado a que lo nuestro fuera apenas una fugaz alucinación intelectual compartida, Rosevél Aldao, el conmovedor bichicome, linyera o *clochard sudamerican* como le llamó un estúpido estudiante de la Alianza Francesa de Mosquitos, ha golpeado mi puerta justo a la hora de la cena, cuando en realidad me disponía a acostarme pues no tenía deseos de cocinar. Sin embargo, a sabiendas de lo dificultoso que resulta a las nueve de la noche identificar el pingüino violeta de la estampilla postal de Tortitas en el fondo del basural donde el batracio fascista del Correo Central arroja mi correspondencia, decidí prepararle al desdichado Rosevél algo ligero para cenar (esta vez fue un bife de liebre encebollado), a cambio de que me dejara a solas con el contenido inquietante de su sobre de papel manila.

    Debo confesarle, querido profesor, que ya antes de abrirlo, me quedé emocionado y literalmente helado por las dimensiones de su abnegación para investigar la vida de los Mellizos Grim. Emocionado, porque nada me cuesta imaginar lo cruel que habrá de resultar su caminata a través de las nieves eternas, seguir las huellas desiguales de los legendarios mellizos bajo la ventisca y tomar, al mismo tiempo, apuntes en su anotador de bordes dorados, para luego transcribir esas reflexiones en los cinco folios que acabo de recibir. Y literalmente helado, porque treinta y un días después de haber sido enviado desde ese lugar remoto, el sobre aún guardaba fuertes vestigios del frío de la Patagonia. Tanto, que debí buscar unos viejos guantes de lana de chivo tejidos por mi santa madre para menguar la torpeza de mis dedos congelados, y poder leer su carta con cierta comodidad.

Pero ingresemos ahora a la segunda dimensión, la que a usted, doctor von Klatsch, particularmente le interesa: el legado musical de los Mellizos Grim, por cierto tan escaso y tan poco recordado por los sobrevivientes de aquella época de esplendor. Es una pena, porque perfectamente pudo no ser así, si consideramos que el único long play de pasta que se conoce de ellos, el mismo Caín Grim, en una de sus temperamentales y berrinchosas respuestas a su hermano (perdone usted, profesor, la escatológica expresión que habré de emplear, pero no cabe otra para describir aquella iracunda escena), lo hizo mierda contra un bloque de mármol blanco al pie de la cumbre más alta del cerro de las Ánimas, conocido como el "Aconcagua uruguayo" por sus casi seiscientos metros de altura.

Nada justifica lo que hizo el diminuto mellizo, aunque resulta comprensible si tenemos en cuenta que la desgraciada reacción que nos privó de la reliquia, ocurrió al enterarse de que a sus espaldas y con su propio instrumento tomado sin autorización, Abel Grim había grabado como solista la bellísima "Suite de botas charoladas blancas" para charango y orquesta en sol mayor, allegro vivace, de Caín Grim, grabada en vivo por la RCA Victor H. De Lafuente en diciembre de 1931, en una tenebrosa hondonada de la Sierra de las Ánimas, en la frontera entre los departamentos de Lavalleja y Maldonado.

No obstante, gracias a un par de precavidos fanáticos que tuvieron la fortuna de escucharlos cantar al calor del fuego —en una oportunidad lo hicieron temeraria y desinteresadamente, a beneficio del primer Carromato de Bomberos del cercano pueblo Solís de Mataojo en 1933, durante un devastador incendio generado intencionalmente para presionar al ministro de turno de la época—, se ha conservado el ejemplar del diario *El Heraldo* de Mosquitos, en su edición vespertina del 3 de febrero de 1933. En efecto, profesor von Klatsch, para su satisfacción he podido rescatar allí algunas entusiastas referencias dedicadas a los Mellizos Grim, en particular a Abel Grim, quien por afable, jovial y buen decidor, gustó siempre de conversar con los periodistas y relatar sin que nadie le preguntase nada, sus aventuras y andanzas por los proscenios, circos y tabernas del sur del continente americano.

Sospecho que la vida azarosa y andariega de Abel debió ser reproducida con frecuencia y minuciosidad en muchos periódicos de provincia. Por el contrario, a juzgar por las minúsculas menciones que pude encontrar en mis archivos, lo de Caín parece por momentos una entelequia de mitómanos o tal vez la caricatura de un neblinoso don nadie que nunca hizo nada en la vida, cosa que está lejos de ser verdad, como usted y yo sabemos muy bien. Deduzco lo que acabo de anotar, por el entusiasmo desmedido con que el cronista se refiere a Abel Grim, calificándolo de "bondadoso gigante y atávico trovador provenzal, capaz de improvisar imperturbable y sin alteraciones una ristra de ingeniosas coplas, como lo hizo anoche en la carpa de Los demonios de Siberia. Esplendoroso como nunca, Abel Grim, el trovador de la pampa húmeda, lucía una luminosa casaca de seda verde y púrpura, mientras cantaba de pie sobre el anca de un caballo percherón tordillo en pleno galope, a la par que la bella *ecuyére* Rosita Hepaminondas, se sostenía de milagro sobre sus fornidos hombros".

Mientras tanto, en un lamentable juego de palabras el petiso Caín es calificado jocosamente por el cronista Pedro Maitía de *El Heraldo* como "el Farinelli del Plata", en razón de haber aparecido en el escenario con la boca blanqueada por una cucharada de farinha, devorada instantes antes con la clásica voracidad de los músicos. Pero es precisamente en ese tramo de descalificadoras impresiones, donde el cronista de marras, tras adelantar que se las había visto con una especie de "rudimentario André Bretón del surrealismo patagónico", da a conocer una pequeña estrofa cuya insignificancia no impide percibir entre líneas, hasta dónde era capaz de llegar la audacia del circunspecto creador que era Caín Grim. Para usted la transcribo, estimado doctor von Klatsch:

> *Espuma de leche hervida,*
> *cuatro ruedas tiene un coche*
> *el sol no sale de noche...*
> *¡pobre mi madre querida!*

Lamentablemente, profesor, si nos dejamos guiar por testimonios de veteranos policías de la Comisaría de Mosquitos y hasta por la misma página policial del ejemplar del diario *El Heraldo* del día siguiente, la noche estrellada del 3 de febrero de 1933 y la carpa de Los demonios de Siberia fueron el tiempo y el espacio de una inflexión dramática en la vida de los Mellizos Grim.

Haría usted bien en preguntarse qué ocurrió durante aquella actuación, querido doctor, pues aquí se explica el origen y la razón de la primera separación prolongada de los Mellizos Grim, que se extendió por casi tres años y con insospechada violencia. De acuerdo con el testimonio del ex comisario Roy Paredes, proporcionado en una conversación distendida que mantuvimos durante una tómbola a beneficio de la comisaría con música de Los Churumbeles de España, todo comenzó cuando el artista Zino se apropió indebidamente del caché que recibió Caín Grim en pago por las actuaciones del mes de enero de 1933. El artista Zino era el feroz tragasables siciliano de la troupe de Los demonios de Siberia, un sujeto de inquietante belleza mediterránea y cabellos áureos y rizados, al que todos conocían artísticamente como el Bello Zino de Oro y que se dio a la fuga a medianoche con el cinturón de plata donde el mellizo guardaba sus merecidos honorarios. Lejos de perdonar, Caín Grim no permaneció impasible ante el atropello. Aprovechó que su hermano había bajado del percherón tordillo y a continuación trepado a la cama de hierro forjado de la bella *ecuyére* Rosita Hepaminondas, atraído sobre todo por los efluvios de "Folie du chèvre", el perfume favorito de la casquivana, para meter el charango en el estuche de terciopelo rojo que le había regalado la enana que juntaba los cuchillos, calzó en la cintura su Colt Patagón 45 y se lanzó a la persecución del Bello Zino de Oro rumbo a las Minas de Cuñapirú, próximas a la frontera del Brasil, sitio donde se registra su primera función como solista.

Ancianos mineros del lugar cuentan que en su primera actuación se lo veía tan irascible a Caín Grim, que el mismo charango sufrió las consecuencias. Dicen que a causa de los crueles uñazos que el mellizo le propinó al encordado, el instrumento terminó la primera parte de la velada musical con visibles irritaciones escamosas endodérmicas en su reverso, a tal punto que sólo gracias a un potente antiinflamatorio aplicado por el veterinario del lugar, pudo continuar con la última parte del improvisado espectáculo. No obstante es bueno hacer notar un detalle que a la postre, querido doctor, resultará significativo para la reconstrucción que usted realiza de la vida de los Mellizos Grim: aquel enojo alimentado por la obsesión de la venganza, le acarreó la antipatía declarada de los pobladores, animosidad tan nociva que terminó por menoscabar para siempre esa relación que todo artista busca con su público, ya que el mellizo inició su espectáculo con una sentencia versificada y reiterada dos veces, que rezaba: "Cuñapirú de los mineros, / pueblo vicioso y pendenciero...", mientras buscaba desafiante entre la muchedumbre que poblaba la pulpería, los ojos fugitivos del tragasables siciliano que le había hurtado los honorarios.

Me consulta usted por Esteban Macuín, y vaya si fue conocido en el Uruguay aquel desvergonzado especialista en fugas. Solía recorrer los pueblos fronterizos del Chuy, Yaguarao y Rio Branco montado sobre una motocicleta alemana, y no hubo hotel, pensión, burdel o pulpería de la que no escapase sin pagar la cuenta.

Pero eso es materia de otras referencias venideras, mi querido profesor von Klatsch. Por el momento he tratado, simplemente, de evacuar con felicidad las consultas que me formula, de modo que ahora sólo me resta el sincero deseo de que haya quedado satisfecho.

Con la consideración más distinguida

Orson C. Castellanos

Carta Nº 5

Estimado Prof. Dr. Orson C. Castellanos
Mosquitos, Uruguay

Tejiendo mis dudas como una Penélope austral he esperado su respuesta, que ha llegado a mis manos gracias al tesón y entrega de Miguel Strogoff, el abnegado funcionario postal que una vez más repone fuerzas en un rincón de la pulpería. Esta vez, distinguido colega y maestro, el pobre cartero no debió soportar el persistente escarceo de los desvergonzados cetáceos que por fortuna han trasladado su espumosa orgía a las frías aguas del mar de Wedel, ni el ridículo asedio amoroso de los pingüinos. La madre natura ordena y pone fin a las conductas innobles, egregio profesor: un grupo de orcas se ha hecho presente en las diáfanas aguas del golfo de Penas, y cientos de los impúdicos pajarracos vestidos de frac son ahora molestas hilachas en los molares de estos cetáceos implacables.

Sin embargo, la providencial llegada de las orcas no puso fin a las dificultades de Miguel Strogoff, puesto que el capitán del escampavías *Comodoro Rompepalla*, que trae el correo, yerba mate y vino "sonrisa de león", llamado así por la onomatopeya de horror que los de por acá sueltan luego de las libaciones, un sujeto, por así decirlo, demasiado apegado a la defensa de los intereses de la naviera, decidió que no quería arriesgar ninguna otra lanchita y sin más ordenó al cartero que alcanzara la costa a nado.

Una orca, tal vez miope, confundió su impecable uniforme azul de reglamento con el sabroso lomo de un pingüino y le arrancó la pierna derecha.

Qué bochornoso espectáculo, estimado profesor: La peonada feroz y obtusa se congregó en la playa para hacer apuestas respecto de cuánto del cartero alcanzaría la salvadora y apacible playa de guijarros. Mientras tanto, el noble funcionario del estado, fiel al himno de los carteros que dice:

> *Ni viento ni feroz tormenta*
> *Peligro o inhumana afrenta*
> *Harán flaquear mi decisión*
> *De dejar una carta en tu buzón.*
> *¡Corre, junta al pueblo y dile*
> *que llega Correos de Chile!*[3]

daba brazadas vigorosas sosteniendo la carterita del correo entre los dientes.

Cuando Miguel Strogoff alcanzó por fin la playa, un rayo de piedad iluminó fugazmente los corazones egoístas del gauchaje. Los facones brillaron a la luz del día para limpiar el muñón hilachento, cauterizaron las venas con un disco de arado al rojo, de los mismos em-

---

[3] "Himno de los carteros de Chile", letra y música del Prof. Dr. Segismundo Ramiro von Klatsch. Coro del Centro de Madres Solteras de Palena. Patagón Gramophon. 1965.

pleados para hacer el asado de cordero al disco, y Noé Azpegoitía, el fabricante de ataúdes, se comprometió a tallarle una pierna de madera con terminal palmípedo para que la pérdida de la extremidad no le significara una merma en su talento natatorio. "Nadar es resistir", comentó un gaucho del norte, apellidado Rosa.

Créame, egregio profesor, que sacarlo de la playita no fue fácil, y no porque el hombre se opusiera, sino porque entre los más bullangueros se encontraba Carloto Heston, un gaucho "más viejo que el modo de andar", como dicen los de por acá, ruina humana y senil que aparece sin que nadie lo invite armado de un trabuco del mil setecientos, y conmina a los presentes a quitárselo de "entre sus dedos muertos", lo que siempre es tomado por el gauchaje como una gentil invitación a molerlo a pedradas, pues sospechan que ese trabuco debe valer unos cuantos pesos. Este despojo humano procuraba eliminar al noble cartero y así, según su extraña y anglosajona generosidad, evitarle sufrimientos.

Así que una vez más su ansiada misiva me llegó húmeda, pero como su talento previsor de las dificultades le aconseja escribir con lápiz de grafito, luego de secarla al calor de la salamandra pude leerla sin mayores problemas.

Afortunado hombre ese Rosevél Aldao, que se beneficia de sus —con toda seguridad— admirables despliegues culinarios. Alguna vez, si la generosidad de mis mecenas, la cooperativa de apicultores del Baker lo permite, recompensaré los esfuerzos del Miguel Strogoff con un buche de ambrosía.

Qué extrañas e insondables casualidades he descubierto leyendo y releyendo su carta en un rincón apartado de la pulpería, mientras el gauchaje inconsciente de la grandeza vecina se entregaba a los desvaríos del truco. Infausta chusma que por desgracia debo frecuentar, ya que mis mecenas tacharon de mis gastos lo concerniente a velas, obligándome a buscar la luz de los chonchones de carburo, cuyas llamas vacilan con los manotazos bestiales que los paisanos de acá dan sobre la mesa cada vez que trucan o retrucan entre salvajes carcajadas.

Coincidencia y misterio, benemérito profesor, porque el gauchaje local describe a Esteban Macuín como un gaucho petiso y rubio que deambulaba en moto por las llanas pampas, cazando guanacos, pudúes, huemules y otros cuadrúpedos sin otra ayuda que unas boleadoras confeccionadas, no con los criollos cantos rodados de una libra, sino con tres pelotas de béisbol, envueltas eso sí en los tradicionales forritos de cojón de guanaco, y que por las noches deleitaba al paisanaje dipsómano relatando historias de grandes fugas de las que era invariablemente protagonista.

Es un tema en el que debo profundizar con vehemencia y denuedo, dado a que algunos de los deslenguados de por acá, aluden también a un tal Francisco Sinatra como posible compinche de correrías de Esteban Macuín, y como usted debe saber no se ven muchas motocicletas por estos pagos.

Otra de las grandes coincidencias tan magníficamente redactadas por su lápiz, es la que alude a esa temporal separación de los Mellizos Grim en las tierras orientales. Debe usted saber, generoso maestro, que en un día excepcionalmente fijo en la memoria de estos amnésicos de por acá, el 13 de julio de 1947, día mundial del alcanfor según el almanaque Bristol de efemérides, nuestros queridos Mellizos Grim aparecieron en la gran fiesta de la capa de borregos celebrada en la estancia de don Genaro Kelly, un anglosajón particularmente odiado por el irascible gauchaje, debido a que, cada vez que empezaba a llover durante treinta, cuarenta y más días, el exótico estanciero salía a los caminos sin más compañía que un paraguas y chapoteaba en el lodo, en un bailecito tildado más bien de afeminado por una peonada insensible a la sublime belleza de la danza.

Don Genaro Kelly contrató a los mejores artistas del Circo Las Águilas Humanas, entre los que destacaban el mencionado Pancho Lancaster como trapecista, y su joven ayudante Antonio Curtis. Los Mellizos Grim se unieron a la troupe porque no se concibe capar mil borregos sin poesía. Grandezas de alma del idílico mundo rural que usted y yo con similar encono defendemos.

Aquel memorable día, mientras Pancho Lancaster y Antonio Curtis unían los lazos para confeccionar con ellos una larga cuerda sobre la que, elevada a gran altura, los dos artistas planeaban hacer un número de funambulismo, la peonada se daba con olímpico empeño a vaciar sacos escróticos, y las mujeres al amasijo de cientos de empanadas, Abel Grim, con la simpatía y encanto que siempre lo acompañaron, verseó una historia que presentó como fruto de su inspiración.

Vil plagio, admirado profesor, venerada flor de la banda oriental, que más tarde la implacable historia se encargó de restituir a su verdadero autor; el petiso Caín Grim.

Por entonces, Caín Grim acompañaba a su hermano con un bombo legüero, y su carácter reservado, su proverbial laconismo, apenas era interrumpido con los "adentro", "se va la segunda" de las zambas, o los "vuelta" de las cuecas, voces que profería sin ganas, con los ojos cetrinos fijos en el atril sobre el que disponía los pellejos secos en los que escribía las partituras.

Una de mis fuentes de información, el anteriormente mencionado Choro de las Pampas que también estuvo ahí, me refirió esta escena criolla digna de Ricardo Palma, y que transcribo para usted fielmente de una cinta que logré registrar antes de que el cuestionable sujeto me robara la grabadora.

"Llegaron ellos, los Mellizos Grim, con esa forma de andar tan rara, serena y trémula, que los hizo más conocidos que al hambre. El flaco (Abel) se agenció un tuto de gallina y con la boca llena anunció que iba a cantar un romance y sobre el proscenio cayeron un montón de tripas ensangrentadas, porque a veces se nos iba la mano con el facón y le rajábamos la panza al bicho. Cuando el flaco (Abel) dijo que el coso (el romance) era suyo, el petiso (Caín) le dio un tremendo golpe al bombo y atravesó el cuero. Lo bajamos a patadas y lo encerramos en el corral de los chanchos. Siempre armaba quilombos por cualquier cosa, y desde ahí supongo que escuchó lo que su hermano verseaba. Era la historia de un patrón que tenía tres hijos. Un día les dijo que tenían que llevarle un trapo tan fino, que debería pasar por el hoyo de su

hebilla de plata. Los muchachos salieron, y uno, el más pelotudo, no tenía idea de dónde buscar el trapo, así que se fue a pajarear a un charco y ahí entabló amistad con un sapo que le pasó un pedazo de trapo, resto de poncho o vaya usted a saber. Luego, el patrón les pidió que le llevaran un perro chico, tan chico como para que durmiera cómodamente en una concha de almeja. Y de nuevo salieron los muchachos. El más pelotudo se fue derecho a la charca donde estaba el sapo y le entregó algo que no entendió nadie, porque el flaco (Abel) no hablaba muy buen cristiano y la gauchada empezó a mosquearse. Al fin, el patrón les pidió a los muchachos que le llevaran unas minas, pero minas minas ¿eh? Y salieron, cada uno por su lado. Y el más pelotudo de vuelta al charco.
Nadie entendió qué diablos le quiso decir el sapo vinculado a un zapallo con ruedas, así que también lo bajamos a patadas y lo llevamos al corral de los chanchos. Ahí descubrimos que el petiso (Caín) no estaba".

Infame populacho, miserable chusma, abnegado profesor, que enceguecida por la atávica ignorancia desperdició esa muestra de talento de Caín Grim, aunque ésta fuera declamada por su deshonesto hermano. En efecto, Caín Grim desapareció del corral, se echó a andar en la incierta noche patagónica, sin haber probado tuto de gallina, ni rodaja de matahambre, ni humilde torta frita, y lo que fue de su vida y obra durante tres largos meses constituye uno de los tantos misterios del austro. Algunos juran haberlo visto en la gigantesca chata de La Guanaca, dama de costumbres casquivanas que, en su casa rodante tirada por veinte yuntas de bueyes, recorría junto a otras féminas de similar talante las estancias de la Patagonia y de la Tierra del Fuego, dando alivio a la brutal soledad de los peones, o cambiando sus apellidos cuando se casaban con estancieros que, no sin antes meditar sobre las inconveniencias del sagrado vínculo, expulsaban a la oveja favorita de su lecho y la cambiaban por una hembra de dos patas.

Otros arguyen su presencia en los lavaderos de oro del alto Baker, y es muy probable que algunos bien logrados versos todavía cantados en las tenebrosas cantinas sean de su autoría. Para muestra un botón:

Nieve que quema las patas
Sin telégrafo el amor
El tero canta mejor
Lo que alimenta no mata

Me embarga la emoción al escribir estos versos señalados como anónimos por la chusma, pero que sus oídos acostumbrados a la más sublime poesía no dudarán en reconocer a su legítimo autor; el petiso Caín Grim.

Tres meses estuvo perdido. ¿Perdido? ¿es que los poetas al recorrer los senderos que las musas sólo a ellos reservan, se pierden? Sabio amigo, luz oriental, usted conoce mejor que yo las alturas del poeta. No en vano se sometió voluntariamente al famoso "weekend sabático de Castellanos". Cuarenta y ocho infinitas horas en las que vivió como un ermitaño en las alturas de las Ánimas, para, en la cerúlea soledad de aquellos seiscientos metros que lo salvaban del mundanal ruido, redactar su brillante "Apunte para la comprensión de la poética himalaya"[4].

No obstante, eximio profesor, es imperativo reconocer también el mérito y talento de Abel Grim como intérprete y solista de muchas suites compuestas por su hermano. Cita usted la "suite de botas charoladas blancas", y confío en que no se refiera a la desastrosa versión que hizo de ella Herbert von Karajan, sino a la de Serge Celibidache. A ella hay que agregar la "Suite de facón y faja, para charango, bombo y zampoña en sol menor allegro ma non troppo", o la merecidamente popular "Suite de empanada y flato, para bombo, charango, guitarra y peineta en la mayor molto vivace". Y mi preferida, si me lo permite, la "Suite de mollejas y atardecer, para cajón cervecero, serrucho y palmas en do sostenido, andante veloce".

Magnánimo colega; ¿encontró finalmente Caín Grim al Bello Zino de Oro? En las orientales tierras, ¿se conoce también la amistad que Pancho Lancaster profesó hacia Antonio Curtis?

Muy a mi pesar debo interrumpir esta carta pues la salvaje peonada se entrega ahora a sujetar al desdichado Miguel Strogoff para probarle la pata de palo. Sinceramente no se ve mal. El fabricante de ataúdes se ha esmerado en tallarla estilo Luis XVI, y en la base le ha claveteado una aleta de natación salvada de los res-

---

[4] "Apunte para la comprensión de la poética himalaya" Prof. Dr. Orson C. Castellanos. Ediciones del Vértigo, Club Alpino de Mosquitos. Uruguay. 1956.

tos de un buzo que hace tres años apareció flotando en las idílicas aguas del golfo.

Sin más, quedo a la espera de su siempre grata respuesta y lo saludo con mi más alta consideración.

Prof. Dr. Segismundo Ramiro von Klatsch

Carta Nº 6

Profesor Dr. Segismundo Ramiro von Klatsch
Tortitas, Patagonia

    Denodado y admirado colega: me dispongo a responder su austera misiva luego del fértil intercambio de ideas que mantuve anoche hasta altas horas con Rosevél Aldao. Ambos nos sentimos muy motivados por la dramática situación que están padeciendo los heroicos obreros del sobre, sean ellos profesionales como Miguel Strogoff, el mártir de los cetáceos, o simples amateurs como el mismo Rosevél, temerario buceador sin escafandra en los basurales de Mosquitos.
    Viene a cuento lo que relato para usted, emérito profesor, porque ayer a las nueve de la noche, cuando me disponía a tallar una expresiva máscara africana en una zanahoria, con la intención de proporcionar un toque estético a la sencilla sopa de hortalizas que me serviría de cena, golpeó a mi puerta en medio de un vendaval impropio de la primavera, el linyera Rosevél Aldao portando su último mensaje procedente del mar de Wedel.
    Había que ver al pobre hombre. Apareció ante mí con una apariencia absolutamente desperdiciada —pues éste es uno de los pocos sitios del mundo donde jamás

se celebra un Halloween—, con la frondosa barba surcada por restos de tallarines verdes, cáscaras de naranja anudadas al pescuezo, filosas latas colgando de los pantalones y un coqueto y antiguo condón "Loewe" adherido a la solapa de su gabardina enteramente manchada de aceite quemado, seguramente expelido por alguno de esos decrépitos camiones brasileños que suelen pasar por Mosquitos sin avisar.

"¡Vaya twister!", exclamó alegremente Rosevél Aldao chorreando agua por la nuca, mientras los truenos y rayos que partían la noche en cuatro le daban un fantasmal perfil azul eléctrico que me llevó a invitarlo a pasar de inmediato al comedor. Por supuesto, no sin antes advertirle que debía colgar en la percha del zaguán los tallarines, las cáscaras de naranjas y las latas viejas que traía puestas, pues cualquiera que haya leído mi autobiografía conoce mis manías y sabe muy bien que detesto las cosas mojadas por la lluvia en el interior de mi casa.

Al verlo en tan lamentable condición, distinguido doctor von Klatsch, maldije una vez más al Gordo Provisorio, el execrable sujeto del Correo Central y pesadilla de mi resistencia a la opresión. Creo haberle referido el rencor enfermizo que ha tejido en torno a mi persona este batracio fascista, apodado por la población con ese mote irónico desde que la dictadura militar lo designara "con carácter provisorio" jefe de la oficina postal de Mosquitos. Aunque hace ya dos décadas que el energúmeno continúa en su puesto sin el menor indicio de que los demócratas lo remuevan del cargo, por lo que nada ni nadie le impide seguir arrojando al basural la correspondencia de los irreductibles libertarios del pueblo. Confieso, estimado profesor, que uno termina por acostumbrarse a estas situaciones. Y lo que es más reprobable aún, a aceptar con cierta indiferencia que un hombre de la condición de Rosevél, se sumerja a tres metros de profundidad entre las porquerías del basurero, sólo para rescatar la correspondencia internacional que por la naturaleza de mi profesión me llega con irregular frecuencia desde distintos puntos del planeta. Sin embargo, anoche a la hora de la sobremesa, mientras fumábamos un delicioso "Partagás" que el buen amigo había encontrado en el bolsillo interior de una vieja chaqueta de comunista arrojada al asqueroso sitio de los detritos, ese cuadro desapacible superó los límites de mi tolerancia. En efecto, cuando le pregunté con curiosidad acerca de la forma en que había llegado hasta el preciado envío postal que nos vincula fraternalmente, Rosevél Aldao me comentó que había resultado mucho más fácil de lo que pudiera pensarse, pues lo único que debió hacer fue seguir el rastro de las ratas petrificadas por la fulminante bruma gélida que las envolvía, más propia del glaciar Perito Moreno que del sobre de papel manila enviado por usted desde el mar de Wedel.

Conmovido, pensé que un día de estos los sacrificios de Rosevél Aldao deberían tener una compensación honorable por parte del Estado y me propuse ocuparme seriamente en iniciar el burocrático trámite, tal vez cuando hayamos finalizado la investigación sobre la vida de los Mellizos Grim. En oportunidades, ¿no sé si a usted le ocurre lo mismo, valorado doctor?, en los breves momentos de ocio de que dispongo, me entrego a soñar con la posibilidad de firmar juntos una nota dirigida a la Organización de los Estados Americanos, solicitando un par de becas de perfeccionamiento postal en alguna de esas cálidas islas del Caribe donde suelen realizarse congresos de variada índole. Sobre todo para que Miguel Strogoff y Rosevél Aldao se conozcan, se disfruten, se miren a los ojos, progresen y abandonen por un tiempo ese temible color azulado que suele caracterizar a quienes desafían imprudentemente los hielos del sur y terminan por adquirir el incómodo síndrome de Admunsen.

Pero retornemos al tema que nos desvela, querido doctor von Klatsch, y continuemos con lo nuestro. Es decir, con los tres meses de dolorosa separación de los Mellizos Grim, provocada por la reprobable conducta del tragasables siciliano Zino el Bello, acróbata de magnética mirada y cleptómano de circos a la hora de la siesta.

Por lo que logré saber más tarde, Rosita Hepaminondas intentó inútilmente convencer a Abel Grim de que montase en el percherón tordillo y emprendiese sin demora la persecución de su hermano, antes que el irascible payador provocase una masacre en las Minas de Cuñapirú.

Hurgando los viejos documentos circenses, me resultó evidente que tanto para Rosita Hepaminondas, como para toda la troupe de Los demonios de Siberia, las consecuencias serían nefastas, pues no hay nada peor para los artistas itinerantes que llegar a un sitio y encontrarse con que no hay siquiera una docena de personas que compren una entrada primero y que los aplaudan después, porque un psicópata entendido en música las exterminó en un arranque de ciego rencor.

Sin embargo, el contemporizador Abel Grim desistió de la descabellada idea de ir en pos de su hermano, pues sabía que encontrarlo y convencerlo de que abandonase la persecución del Bello Zino era tan inútil como discutir con un mandril salvaje de Minas Gerais, que como usted sabrá, querido profesor, a juzgar por la descripción que hiciera de él Charles Darwin, se trata de un animalito parco, mimoso, obsecuente y con el que resulta tremendamente difícil discrepar.

De todos modos, de acuerdo con el testimonio del ex comisario Roy Paredes, un hombre muy violento pero dueño de una envidiable armonía interior que le ha permitido llegar a la edad de ciento cuatro años sin que nadie le haya dado jamás una paliza, Abel Grim no dejó en modo alguno a su hermano mellizo a la deriva. Es más, mantuvo con el gaucho Pancho Lancaster, el temible capador a diente, cazador de recompensas y trapecista sin red, una larga entrevista a puertas cerradas en la carpa, que se extendió hasta bien entrada la madrugada. Allí, tras realizar un diagnóstico actualizado de la realidad psicosocial de los circos de entonces (de paso, sería interesante que usted mismo le echase una ojeada a ese documento, pues está contenido en las mismas memorias[5] abandonadas durante la fuga por el tragasables siciliano), ambos decidieron que nadie mejor que Rosita Hepaminondas para ir tras los pasos de Caín Grim y retornar al redil al enojoso mellizo des-

---

[5] "Memorias de un tragasables y otras indigestiones formales", de Zino Gold Berterreche. Ediciones del Palo Mayor. Facultad de Humanidades de Montevideo, 1931.

carriado, hubiese recuperado o no los honorarios del mes de enero sustraídos por el Bello Zino de Oro.

A propósito del gaucho Pancho Lancaster, benemérito doctor, usted, en su maravillosa última carta, alude soterradamente a la tortuosa relación sentimental y profesional —trapecio de por medio y nada de red—, mantenida entre él y el esquilador Antonio Curtis, hasta su separación definitiva en esa fecha fatídica del 13 de julio de 1947, durante las faenas de castración (o yerras, como se las conoce por aquí) realizadas en la hacienda del caudillo Genaro Kelly. Lamento tener que contradecirlo, inestimable doctor y profesor, pero la referencia que usted hace, tanto a la supuesta osadía en el trapecio circense, como a la ferocidad y rudeza de Pancho Lancaster en su legendario oficio de capador a diente de borregos y terneros cimarrones, en el año 1947 eso ya no era tan así. (Una de las razones por las que recuerdo ese histórico año es muy personal, querido doctor von Klatsch, pues fue en aquel diciembre cuando me fue imposible concurrir a la fastuosa ceremonia en que a usted lo designaron profesor honoris causa de la Chaco For Ever University of Resistense). Es más, diría que en 1947 Pancho Lancaster se encontraba en plena decadencia física, se negaba terminantemente a pasar a retiro y padecía ya la neurosis irreversible de la llamada "vejez inaceptable".

Por mucho tiempo y con piedad generalizada, los habitantes de la región recordaron la acción desprovista de toda gloria que protagonizó aquel día, durante la gran fiesta de Genaro Kelly, el veterano trapecista. Sin duda, fue un conmovedor y patético intento de demostrarle al exigente Antonio Curtis, que él, Pancho Rashomón Lancaster Moreira, todavía era el mayor capador a diente en cien leguas patagónicas a la redonda. Sin embargo, ante la mirada insoportablemente burlona de los amigotes de Genaro Kelly, nuestro hombre debió resignarse estoicamente a que un ternero Hersey de dos años lo humillase con tal singularidad, que es imposible sustraerse a la sonrisa. La historia de este incidente —magníficamente narrada por el mismo Antonio Curtis en una pequeña joya[6] de la narrativa criolla de la provincia de Entre Ríos—, cuenta que luego de haber derribado al ternero entre los pastos y de hacerle la doble operación de rasgar con los dientes el escroto primero y de hincar los colmillos en las criadillas después, el animal se levantó enardecido y se perdió de vista por esos campos de Dios con la dentadura postiza de Pancho Lancaster trabándole las bolas. Y esta situación, que puede parecerle un detalle menor, profesor von Klatsch, también acarreó el abrupto final de su vida como acróbata, ya que el número artístico que mantenía en vilo al público, era aquel en que Pancho Lancaster sujeto al trapecio por las piernas, mantenía a Antonio Curtis colgado de una cuerda que él sostenía temerariamente a ocho metros de altura, con sus propios dientes. Es decir, gracias al noble ternero de Genaro Kelly, Antonio Curtis comprendió que Pancho Lancaster tenía muy pocas cosas para compartir y que había llegado la hora decisiva de los senderos que se bifurcan. En buen romance, Antonio Curtis había perdi-

---

[6] "El huevo a dentelladas", de Antonio Curtis. Editorial Metabólica de Gualeguaychú. Entre Ríos, 1948.

do totalmente esa imprescindible confianza que debe existir entre dos artistas cuando uno depende del otro. Pero ésa es otra historia en la que no vale la pena profundizar, profesor, pues sólo agregaría una dosis de confusión retardataria, que nos apartaría innecesariamente del regreso de Caín Grim a la órbita de su hermano y de las numerosas hazañas logradas con la creación musical conjunta. En particular aquella jamás repetida por ningún artista de su tiempo, de ganar el codiciado "Quirquincho de Oro" en el Festival del Chifle de Belho Horizonte y, cuarenta días después, el "Chiripá de Plata" a las mejores voces del Concierto de Verano para Charango Libre, en Saint Paul, Minessotta, en donde los Mellizos Grim tuvieron que competir, sin previo aviso, con las melosa composición *country* que le hiciera Juan de Dios Wayne a Silver, conocida en español como "Te invitaré a desayunar alfalfa en el establo solos en la madrugada, oh yegua" y que ya nadie recuerda, afortunadamente. De modo que detengo aquí, mi renombrado amigo y doctor von Klatsch, las reflexiones elaboradas para esta oportunidad. Mientras tanto, esperando sinceramente que la prótesis de palo del heroico Strogoff haya calzado justo y que ningún obstáculo perturbe tan maravilloso oficio, aprovecho para saludarlo a usted con la admiración más declarada

Profesor Orson C. Castellanos

Carta Nº 7

Estimado Profesor Dr. Orson C. Castellanos
Mosquitos, Uruguay

Venerado amigo y maestro:

Una vez más han debido pasar treinta y cinco días con sus noches oscuras para que su ansiada carta llegara a manos, de Miguel Strogoff, primero, y más tarde a las mías. Como su implacable memoria de oriental cronista recordará, luego del molesto incidente que el cartero, o the postman —como insiste en llamarlo Emerson Polilla para adjudicarse un cosmopolitismo varias tallas mayor— mantuviera con una orca a todas luces miope y que le significara la lamentable pérdida de su extremidad inferior derecha, este noble funcionario postal pudo continuar con su importante cometido gracias a la pata de palo estilo Luis XVI con terminación plantígrada, que Noé Azpegoitía, el simpático carpintero de Funeraria Tortitas le confeccionara con singular talento.

A decir verdad, magnánimo profesor, y como una demostración de que incluso en estas soledades australes la vida es un interminable cajón de sastre lleno de punzantes coincidencias, el andar de Miguel Strogoff fue bautizado por las lenguas malévolas de por acá con los mismos términos empleados para definir el andar de nuestros héroes y fruto de tantos desvelos, los incomparables Mellizos Grim. Sin hacer asco a las palabras, en la pulpería comentan que el leal cartero camina con un andar sereno y trémulo.

Cuando, coincidiendo con mi penúltima remesa postal, el gauchaje que frecuenta la pulpería decidió expulsar al diligente funcionario, con las manos atadas a la espalda para que no mutilara la joya ortopédica con sus persistentes intentos por arrancar el terminal natatorio, el gordo Concertado —un sujeto similar al deleznable Provisorio que amarga sus apacibles días orientales, al que llamamos así porque el gobierno de la concertación para la democracia lo dejó caer por aquí con la misión de explicarnos que, del atroz silencio impuesto por la dictadura pasábamos al libre albedrío del en boca cerrada no entran moscas—, como digo, el gordo Concertado decidió que lo más conveniente era arrojarlo de inmediato a las diáfanas y prístinas aguas del Golfo de Penas.

Algunos de los providencialmente presentes en el lugar, entre ellos este modesto servidor, tuvimos el impulso de indicar que las edénicas aguas del golfo se habían congelado hacía ya tres días. Pero no lo hicimos. Primero, porque era una obviedad y, segundo, debido a que de un tiempo a esta parte al gordo Concertado la ha dado por acusar de fundamentalismo islámico a todo aquel que le pise los callos. Es así, mi bien ponderado amigo, que por culpa del celo que pone en cumplir con las instrucciones recibidas por radio, desde hace varios meses nos vemos en la molesta obligación de pegar nuestros botones con cola de carpintero, pues en un arranque de orgullo occidental y cristiano declaró un bloqueo comercial y económico a la lancha del turco Panchito Feres, el simpático palestino que nos surtía de hilos, botones y calzoncillos de franela sanforizada.

"Mantén fría la mente pero el bolamen caliente", aconsejaba el turco Feres mientras desplegaba sus portentosas mercaderías íntimas.

Siguiendo las órdenes del gordo Concertado, el gauchaje feroz y despiadado se reunió en la apacible playita de guijarros. Hubo quienes protestaron porque las piedras filudas les atravesaban las alpargatas, pero ninguno escatimó fuerzas a la hora de mecer a Miguel Strogoff, agarrándolo de brazos, fundillos, pierna humana y pata de palo, antes de arrojarlo sobre la compacta superficie de hielo.

Miguel Strogoff rebotó tres veces en el hielo, y luego se deslizó con sublime suavidad hacia la colonia de elefantes marinos que antes de la llegada bullanguera de los gauchos se entregaba a los rigores de la siesta. Esos mamíferos informes contemplaron el desliz del funcionario postal entre bostezos, agitación de mostachos, de colmillos, amén de alguna demostración de mosqueo por las piedras que la indolente chusma les lanzaba, y que rebotaban en sus corpulencias, por decirlo de alguna manera, fofas.

Qué espectáculo, benigno maestro. Miguel Strogoff deslizándose como un mítico dragón de los hielos. La prótesis natatoria trazaba enigmáticos signos sobre la superficie gélida. A veces soltaba por breves instantes la carterita del correo, profería algunas palabras, acaso fraternas frases de adiós que sin embargo de ser acalladas por el barullo de la chusma no desmerecían su epopeya, agarraba de nuevo la carterita del correo con los dientes y continuaba reptando hacia el escampavías *Comodoro Rompepalla*, la nave que nos conecta con el ignoto mundo en los eternos días invernales.

Treinta y cinco días más tarde, reverenciado maestro, Miguel Strogoff regresó de la misma manera.

La tripulación del *Comodoro Rompepalla* lo ayudó con el impulso inicial, pero ya sabemos que el vigor de los hombres de mar no conoce medida, y el esforzado cartero pasó como una exhalación azul frente a los desconcertados elefantes marinos, focas, morsas y otras bestias de hábitos polares, para terminar estrellándose contra un dique natural construido por los promiscuos castores del Baker, similares a los de Gualeguay, tan rigurosamente estudiados por usted en los dos tomos del "Estudio odontológico del castor de Gualeguay: un animal incisivo"[7].

Trasladado a la pulpería por mandato expreso del gordo Concertado, tardamos dos horas en abrirle la boca y no sin perjuicio de algún diente. Así, tuvimos acceso a la esperada carterita del correo que terminamos de deshelar con auxilio de una plancha, y mientras me entregaba al inmenso placer de leer su misiva, Miguel Strogoff se descongelaba junto al fogón, metido en un barril para que no mojara el suelo.

Su carta tan primorosamente redactada en papel

---

[7] "Estudio odontológico del castor de Gualeguay; un animal incisivo" Prof. Dr. Orson C. Castellanos. Ediciones del Jardín Zoológico de Mosquitos. Dos tomos. Mosquitos. Uruguay. 1966.

kraft de ciento cuarenta gramos me llevó de inmediato a dos importantes conclusiones: a) la carterita del correo es, en efecto, impermeable, y, b) usted, admirado y dilecto amigo, además de ser un notorio chef de la cocina frugal, es un apasionado del tuco. Así me lo revelaron las simétricas manchitas que, sin embargo del largo y accidentado viaje, no escatimaban el levantino aroma del laurel y de la criolla pomarola.

Pero no más elucubraciones, por muy afectivas que sean. El estudio convoca y a él acudimos con socrática humildad.

Es inquietantemente curiosa esa separación que, fieles a su naturaleza dual, los mellizos Grim mantuvieron por partida doble. Mis recientes indagaciones entre el gauchaje de Palena indican que, efectivamente, Caín Grim huyó del corral de chanchos donde lo había confinado la brutal peonada de don Genaro Kelly, ayudado nada más y nada menos que por Antonio Curtis.

Al parecer, el joven artista del trapecio empezaba ya a desconfiar de las habilidades dentarias del gaucho Pancho Lancaster, mas no debido a los sucesos acontecidos en la estancia de don Genaro Kelly y tan bien narrados en su esplendorosa carta. Tal desconfianza, según los deslenguados de Palena, surgió una tarde en que el circo Las Águilas Humanas se presentaba en la estancia de don Benigno Mengele, esforzado ganadero de orígenes alemanes que se hizo querer por el gauchaje obtuso a causa de una insistente manía por medirles los cráneos con un tornillo milimétrico, detalle que lo hacía simpático aunque jamás le regaló una boina a ninguno.

Por aquel tiempo, el número del trapecio lo hacían entre tres; Pancho Lancaster, Antonio Curtis, y un tal Juanito Weissmüller, un artista excéntrico que rehuía visiblemente a sus congéneres y colegas, prefiriendo departir durante largas horas con una enana negra y peluda, muy diferente a la otra enana, a la encomiable enana que recogía los cuchillos lanzados por el Convulso Fajardo en el inmortal Circo Criollo de los Hermanos Podestá.

A propósito, permítame una elipsis, abnegado maestro: el Convulso Fajardo terminó sus días de gloria circense en estas tierras del fin del mundo. Todo empezó cuando un molesto aunque imperceptible Parkinson hizo que, durante una función benéfica, los veinticuatro cuchillos lanzados con los ojos vendados dieran en el blanco, es decir, fueron a parar de lleno en el cuerpo del gaucho que se había ofrecido de voluntario y a quien los cuchillos supuestamente debían rodear. Tras el incidente que fue duramente criticado por el público, el Convulso Fajardo se dio a la fuga, y en las inmediaciones del glaciar Perito Moreno topó con una avanzadilla de colonos cuáqueros. Decidido a empezar una nueva vida se unió a ellos, en rigor, más a ellas que a ellos, y se dedicó al arte profiláctico de la circuncisión. Por desgracia no he encontrado un sólo cuáquero que pueda dar fe del talento de este extraordinario artista.

La enana negra y peluda, tormento de Juanito Weissmüller, no hacía nada, a no ser que chillar como una histérica sea considerado una demostración de arte. Pero basta de divagaciones que estorban su valiosísimo tiempo y su inmerecida atención. Regresemos a aquella tarde en la estancia de don Benigno Mengele, en la que todo estaba previsto para que Antonio Curtis realizara un triple salto mortal, sin red, y a veinte metros de altura. El número consistía en lo siguiente: Antonio Curtis y Juanito Weissmüller subían a un trapecio. Pancho Lancaster a otro. Antonio Curtis se deslizaba por los brazos de Juanito Weissmüller hasta quedar tomados de las manos. Juanito Weissmüller, cabeza abajo y sujeto al trapecio por las piernas, lo ayudaba a tomar el impulso necesario hasta que se soltaba, daba las tres volteretas del salto mortal triple y era recibido por las manos firmes de Pancho Lancaster que también lo esperaba cabeza abajo. Todo se ciñó a la prolija planificación de los trapecistas, hasta el momento en que Antonio Curtis daba la mitad de la segunda voltereta en el aire y descubrió que Pancho Lancaster no lo esperaba con las responsables manos dispuestas a recibir las suyas, sino que las tenía metidas en la boca. En efecto, sabio y perspicaz amigo; Pancho Lancaster se acomodaba la negligente prótesis dental, lo que obligó a Antonio Curtis a deshacer la media voltereta en el aire, a deshacer la voltereta entera, y a manotear como gato en al agua buscando las manos de Juanito Weissmüller que tampoco lo esperaban; el irresponsable se mecía ausente en el trapecio, observando embelesado los movimientos de la enana negra y peluda que vendía chicharrones de chancho a los espectadores.

Al borde de la catástrofe, Antonio Curtis se aferró de lo primero que encontraron sus manos, y que resultó ser la entrepierna de Juanito Weissmüller. El hombre dio un grito desgarrador, selvático, salvaje, africano según la gauchada imperturbable que aprovechó el fracaso de los trapecistas para hacer lo que más les gustaba; arrojar insultos, piedras, botellas, boñigas, boleadoras y facones de doble filo.

Como puede apreciar, mi dilecto amigo, la desconfianza de por sí justificada de Antonio Curtis es anterior a la trágica noche del 13 de julio de 1947, día mundial del jarabe para la tos, según el infalible almanaque Bristol de efemérides. Permítame usted, entonces, esta cardinal y fraterna discrepancia.

Pero hagamos ahora un nuevo "flashback", como suele decir el cretino de Emerson Polilla cada vez que se las da de cinéfilo, y volvamos a la estancia de don Genaro Kelly. Ahí, el petiso Caín Grim, nuestro admirado Caín Grim, escuchaba cabizbajo la indigna declamación que su hermano Abel hacía de su romance, acompañándose de infames rasguidos a la guitarra y patadas a los restos del bombo legüero que yacía en el escenario.

Dada su personalidad e idiosincrasia fácilmente presa de místicos silencios, se acurrucó en el rincón más oscuro del corral, dispuesto a roer su pena y una coronta de choclo despreciada por los chanchos. En eso estaba cuando sintió que un pie amistoso le pateaba las costillas, alzó la vista, y se encontró con el agraciado rostro de Antonio Curtis bañado en lágrimas.

Benevolente, generoso y dado a la infinita piedad, el petiso Caín Grim le preguntó qué le ocurría, qué pena injusta dibujaba ese rictus de martirio en su cara de ángel, qué infame injusticia tallaba las muecas del dolor en esa cara nacida para la dicha palaciega.

—Esos hijos de puta —empezó a decir sorbiéndose los mocos el joven doliente— le echaron putas parió al chimichurri.

Como un príncipe herido que deja caer un sedoso pañuelo, Antonio Curtis le tiró una lonja de vacío asado, que el petiso Caín Grim, con la delicadeza propia del que hace suyo el dolor ajeno, tragó sin mascar y sus ojos también se anegaron de lágrimas.

—Pica más que la mierda —aseguró, antes de echar a correr hacia el arroyo más cercano.

Hasta aquí, distinguido profesor Castellanos, llega lo que he logrado averiguar respecto de la misteriosa fuga del petiso Caín Grim, de la inesperada ayuda que recibió de Antonio Curtis, y lo que a continuación sigue me lo refirió mi informante, el ya antes mencionado Choro de las Pampas, por lo que me hago partícipe de su proverbial mesura e incluyo esta información en el rubro datos a confirmar.

Según el susodicho Choro de las Pampas, Caín Grim galopó unos cinco kilómetros aquella noche, hasta que la fatiga lo llevó a descubrir que había olvidado el caballo y el acuciante picor del putas parió que le destrozaba las tripas le aconsejó detenerse a beber. Tras hacerlo en cuatro patas por más de media hora descubrió que no estaba solo; Antonio Curtis lo había seguido, y juntos se deleitaron con la cristalina magnificencia de un arroyo. Acto seguido, los dos hombres se tendieron sobre la soberbia pampa a contemplar las estrellas tomados de la mano, costumbre gauchesca por excelencia, lapsus filial en la dura vida de los pioneros, que sirvió para que el joven Antonio Curtis abriera su alma y confesara el amor imposible que le devoraba las entrañas.

Estaba locamente enamorado de la enana negra y peluda, y la certeza de que Juanito Weissmüller era el inmerecido gozador de los favores del esperpento lo tenía al borde del suicidio. Hipando su consternación, Antonio Curtis agregó que el dolor era todavía más insoportable y corrosivo ante la falta de noticias de Pancho Lancaster, pues desde el aciago incidente en la estancia de don Benigno Mengele el paradero del otro acróbata estaba en el aire.

Como ya lo habrá advertido, sabio amigo y maestro, es muy posible que esa confesión nocturna sirviera de inspiración al petiso Caín Grim, cuando años más tarde compuso su extraña e inquietante "Pavana para una infanta peluda", cuyos versos finales no me resisto a transcribir:

> *Mi tormento capilar*
> *Atrás del barco la popa*
> *Ni un pelo quiero en la sopa*
> *Cada cosa en su lugar.*

Tiemblo de emoción frente al fulgor de la poesía, por así decirlo, cainesca, mi venerado maestro, y al mismo tiempo me embarga la justa indignación al recordar que dos años más tarde, para ser exactos el 13 de julio de 1949 —día internacional de la polenta—, en Guadalajara, Jalisco, el felón de Abel Grim le escatimó públicamente la autoría de la Pavana para una Infanta Peluda a su hermano Caín.

Como usted bien sabe, dilecto doctor Castellanos, los Mellizos Grim fueron contratados para actuar en el show tapatío de Tony Sarabia y su Banda de Moebius, un grupo de mariachis que más tarde sirvió de sustento estético al "teatro pánico" de Arrabal, porque apenas el público manifestaba la menor reprobación, Tony Sarabia y su banda de Moebius la emprendían a tiros contra el respetable. Entre aquellos facinerosos melómanos Abel Grim se sentía a gusto, estaba, por así decirlo, en su salsa, pero el espíritu sensible de su hermano Caín padecía con el primitivismo estético de aquellos músicos de provincia. Sin embargo —loadas sean las musas protectoras—, el genio del petiso Caín Grim no se dejó amilanar y muy pronto dio mayores frutos.

Durante su estancia en Guadalajara, los mellizos Grim ocupaban la amplia y confortable entrada de autos del hotel Sheraton, aposentos que abandonaban al amanecer con espartana prontitud para esquivar los manguerazos de agua fría con que los aseadores festejaban el inicio de cada jornada. En aquellas dependencias tan representativas del "american way of life", el petiso Caín Grim escribió su única pieza posmoderna, la célebre "coral húmeda", llamada también "augusta prostática", cuyos versos del décimo cuarto movimiento debo, ineludiblemente, citar:

> *Agua que no has de beber*
> *Más vale dejarla quieta*
> *¡atrás botella coqueta!*
> *Que el pipí no ha de doler.*

El petiso Caín Grim, excelso amigo y guía, recibió esa noche todavía mayores y conmovedoras confesiones de Antonio Curtis. Entre hipos dramáticos le refirió que la enana negra y peluda tampoco le era fanáticamente fiel a Juanito Weissmüller, y sospechaba una cierta afinidad procaz con Carloto Heston, ya que el anciano senil, en desvergonzados arrestos de familiaridad hablaba de ella llamándola "mi mundo, mi planeta". Finalmente y ya en el paroxismo del dolor, Antonio Curtis le confidenció que Pancho Lancaster, don Juan de Dios Wayne viudo de Silver, el motorista Esteban Macuín, su hermano Abel y los ochenta y seis conscriptos del regimiento Húsares de la Patria que realizaron maniobras de guerra coincidentes con la gira del circo Las Águilas Humanas en la Patagonia, habían sido vistos salir, de forma individual, subrepticia y no por ello menos sospechosa, de la *roulotte* de la enana negra y peluda con una preocupante frecuencia de uno cada quince minutos.

Aquella noche de lacerantes confidencias, el petiso Caín Grim y Antonio Curtis se despidieron con un rudo abrazo de hombres y de gauchos, que se prolongó unas dos horas bajo la sombra severa de un ombú. El joven y doliente trapecista regresó a la estancia de don Genaro Kelly con el espíritu aliviado, libre de rencor y dispuesto a romperle el cuello a la enana negra y peluda.

Ignorando al feroz gauchaje que se deleitaba profiriendo insultos en mapuche, croata, galés, gallego e ítalo lombardo, dedicados indefectiblemente al patrón, al buenazo de don Genaro Kelly que bailaba su "malambo bajo la lluvia" desde hacía ya tres horas, se acercó hasta la humeante parrilla sobre la que se asaban los cientos de criadillas conseguidos durante un día de capa. Depositó un par sobre una rodaja de tortilla al rescoldo y de inmediato se vio acometido por una nueva crisis de llanto. Una vez más había agarrado la botella de chimichurri cargado al putas parió, y tal vez por eso no vio el censurable espectáculo del patrón bailando con la enana negra y peluda.

Según el Choro de las Pampas, lo que bailaban era una triste parodia de malambo, porque don Genaro Kelly no llevaba el compás, el gauchesco in crescendo marcado a golpes de boleadora, sino con la punta de un ridículo paraguas escocés, y la enana lo hacía aún peor, golpeando el suelo con el dorso de sus manos peludas.

El petiso Caín Grim, en cambio, no regresó. Sabemos que lo hizo tres meses más tarde y la incógnita, apreciado y venerado amigo, es saber adónde fue, qué hizo durante ese tiempo.

¿Acaso la confesión de Antonio Curtis resultó extremadamente dura para su exquisita sensibilidad? ¿Fue en busca de la luz, por así decirlo, ya que el Choro de las Pampas sostiene que durante ese tiempo fue encargado de encender y apagar los faroles públicos de Punta Arenas? ¿Me entregará la Patagonia una respuesta a tan insondable misterio?

Generoso y condescendiente amigo, creo que esta nota se extiende ya en demasía, de tal manera que, preparándome para el punto suspensivo en este epistolario continental, me permito referir algunas minucias de la sencilla vida que me rodea: mis mecenas, la cooperativa de apicultores de Baker, me han hecho entrega de las provisiones correspondientes al mes pasado, un barrilito de miel que, si me dispensa esta digresión metafórica, hará menos amargas mis dudas, y dos costales de alfalfa seca. Nobleza obliga, apreciado doctor Castellanos; agradezco que mencione el doctorado Honoris Causa que me concedió la Chaco Forever University of Resistense, en ningún caso tan merecido como el *Cum Laudatio* con que tan acertadamente lo distinguió la Pontificia Universidad Católica de Cojonzuelos del Obispo, idílica villa extremeña a la que no pude acudir por encontrarme a la sazón demasiado ocupado con la edición revisada de su estupenda y dramática novela bélica titulada "Los militares y la sintaxis; una guerra perdida"[8].

Dilectísimo amigo; coincido con usted en la urgente necesidad de recompensar a estos dos servidores públicos, comunicadores vocacionales que hacen posible nuestro intercambio intelectual. Rosevél Aldao y Miguel Strogoff deben ser beneficiados con alguna ayuda que les permita conocerse antes que sea demasiado tarde, pues la chusma cruel y nefasta de estos pagos se ha entregado a considerar que la pierna buena del cartero es un verdadero estorbo para el talento natatorio de la postiza, y proponen al gordo Concertado la celebración de un indigno plebiscito para decidir cuándo se la amputan. Tal vez podamos inscribirlos en un crucero por el plácido Egeo, pues ya se sabe que en ese mar cualquier papanatas puede conocer a una ex primera dama norteamericana, y un detalle así cambiaría las vidas de estos muchachos. En consecuencia, acepto su proposición de escribir a la Organización de Estados Americanos, esa magnífica academia de secretariado en donde nuestros prohombres aprenden ta-

---

[8] "Los militares y la sintaxis; una guerra perdida", novela bélica. Prof. Dr. Orson C. Castellanos. Edición revisada por el Prof. Dr. Segismundo Ramiro von Klatsch. Dos páginas y media. Ediciones del "Hintituto Linguístico Militar". Santiago de Chile. 1975.

quigrafía, dactilografía, corte y confección, masaje y técnicas de relax, materias que más tarde sirven de manera indiscutible al desarrollo de nuestros pueblos.

Finalmente, sabio amigo, quiero hacer una reflexión acerca del, para mí, desproporcionado interés que dedicó Charles Darwin al mandril de Minas Gerais. Debe saber, estimado maestro, que cuando el biólogo inglés pasó por estas tierras lo hizo aquejado de una fuerte conjuntivitis y por eso no se percató de la interesante fauna autóctona, en la que destacan animales tan interesantes como el "monogamo", un primate tedioso y detestado por todos; el "ruinseñor", ave palmípeda de canto lamentable; el travieso "ornitorrinolaringólogo", ave diminuta que pone sus huevos en oídos, nariz y garganta, o el "octopus dei", un cefalópodo incomestible por su conducta pía y contemplativa.

Lo saludo afectuosamente con mi más alta consideración.

Prof. Dr. Segismundo Ramiro von Klatsch

Carta Nº 8

Prof. Dr. Segismundo Ramiro von Klatsch
Tortitas, Patagonia

Profesor de mis afectos: Cuán conmovido me ha hecho sentir usted con sus descarnadas y aleccionantes descripciones del percance padecido por su *postman heroe* —como suelen calificar en las lejanas costas de Terranova a los carteros que pierden las piernas entre los molares de una orca—, y la entereza y prestancia con que está llevando su pata de caoba tallada estilo Luis XVI, sin que nada ni nadie haya astillado o lijado su indeclinable vocación postal.

Lo hemos reflexionado en silencio con Rosevél Aldao, quien casualmente también se encuentra convaleciente de la pulmonía que contrajo, tras haber establecido contacto con el último sobre de papel manila enviado por usted, y que guardaba restos importantes del agresivo vendaval de nieve que asoló Punta Arenas hace unos veinticinco días.

Seguro que la adversidad de ese potente microclima sorprendió a mi amigo sin el gorro pasamontañas azul, sin las antiparras ahumadas y sin la bufanda roja que hubiera sido menester para precaverse del terrible frío que se desprendía del envío postal de la Patagonia.

De paso, estimado doctor von Klatsch, no dejo de pensar en lo bien que le vendría a mi pupilo Rosevél estar equipado con alguno de esos poderosos tractores para la nieve, con radio am-fm de largo alcance para escuchar el informativo metereológico y enterarse de cómo está el clima en la Patagonia a las cinco de la mañana, hora en que usted, sacrificado amigo, acostumbra a ensobrar las cartas.

Ayer, cuando pasé por el domicilio de Rosevél Aldao, accedí a su cálida invitación a ingresar al interior del gigantesco caño maestro donde vive, y pese a comprobar que desde su dormitorio disfruta de un atractivo panorama dominado por una montaña de bolsas de polietileno, fierros viejos, colchones destripados, latas y botellas del basurero de Mosquitos, lo encontré sin embargo visiblemente deprimido y desilusionado ante una realidad que no ofrece lugar para sus sueños. Al fin, luego de muchas vueltas, terminó confesando que desde hace un tiempo alimenta un persistente deseo de emigrar a Europa para perfeccionarse en lo que siempre soñó ser: un hurgador de basura del primer mundo, una especie nativa de *mad max* con libre acceso a los basureros atómicos mal olientes de Alemania y Francia, en los que es posible encontrar desde un par de átomos de plutonio para obsequiar a los niños, un discreto salerito lleno de ántrax muy útil entre los trileros del consejo de seguridad de las Naciones Unidas, o un frasquito de bióxido de deuterio para comercializar en algún prostíbulo de Hamburgo.

No obstante, querido doctor von Klatsch, todos sabemos que las severas disposiciones de la vieja Europa xenófoba impiden el ingreso de visionarios como

Rosevél o como el infortunado Miguel Strogoff, a menos que salgan subrepticiamente por el Amazonas desde Manaos. Me parece verlo en una de esas veloces y confortables pateras con motor fuera de borda de cuarenta caballos, trece vacas y un perro de aguas que avise en cuanto vea algún milico brasileño boludeando a la orilla, embarcaciones capaces de navegar directo hasta el océano Atlántico y, desde ahí, continuar en línea recta hacia las costas portuguesas de Póvoa de Varzim, adonde es conveniente llegar luego de la puesta del sol, hora crepuscular en que los libertinos de ese pueblo proceden a despojarse de las tangas usadas durante el día, las ponen a secar en sus vistosos balcones de azulejos, y se entregan al ritual de mamarse con *vinho verde* hasta quedar profundamente dormidos y con muy poca sangre en el torrente alcohólico.

Me veo precisado a hacer en este instante un breve alto en nuestra exposición, pues Rosevél Aldao me contagió momentáneamente su depresión y algunos simpáticos parásitos saltarines, lo que me llevó a pensar, gregario amigo, que la indignidad con que nuestros coterráneos son recibidos en el decrépito continente merece una severa nota a las Naciones Unidas, recordándoles el fraude migratorio de todos los europeos ingresados ilegalmente a nuestro continente a partir del 12 de octubre de 1492.

¿Le parece adecuado, querido doctor von Klatsch, canalizar nuestra ira por ahí? ¿Prestigiaría usted ese documento con su firma? Pienso que también sería necesario remitir una copia a ese simpático morocho que reparte nuestro café a mansalva en las reuniones del consejo de seguridad de la ONU.

Bien, querido profesor, cuando ya llevaba seis horas de severas argumentaciones sin lograr convencer a Rosevél Aldao para que desistiera de su afán migratorio, acudieron por fortuna a mi memoria unos estupendos y bien cuajados versos de Caín Grim, providencialmente dedicados a su tío Rosevél Delano Grim, escritos para charango parnasiano y guitarra acústica del hermano ausente, y que le recité así no más, *a capella*, desde la boca del caño maestro:

> Rosevél, no vaya a Europa que ya es tarde.
> Triste del hombre que en la edad florida
> coger los frutos del vivir aguarde.
> Los bienes y las glorias de la vida,
> o nunca vienen o nos llegan tarde.
> Quédese, Rosevél... no sea cobarde.

¡Cuán irracional es la poesía y cuánto logra a veces en el espíritu racional de un buen salvaje! En efecto, apreciado doctor von Klatsch, mi pupilo, no sólo desistió de su temerario viaje transoceánico en pos de los desechos más modernos del mundo, sino que, además, para evitar futuras tentaciones arrojó nuevamente al basurero el pasaporte vencido que había encontrado, y colgó de un clavo el saco de arpillera en que pensaba trasladar sus pertenencias.

Ese gesto me tranquilizó y así pude regresar a casa para ocuparme de las razones que hacen a nuestra relación: los Mellizos Grim.

De su misiva deduzco, decantado doctor, que le inquieta de sobremanera la incierta suerte de Caín Grim y su errática persecución del Bello Zino, el tragasables siciliano que al contrario del exasperante petiso, cautivó al público estupefacto de las Minas de Cuñapirú, luego de retornar de una extensa fuga disfrazada de gira por Río Grande do Sul, cuando suponía que ya nadie lo perseguía.

En efecto, reverenciado doctor von Klatsch, el diario *Zero Hora* de Porto Alegre del viernes 4 de agosto de 1929, cuenta que este muchacho de peluquín áureo y ensortijado, fascinó a los brasileños de aquella década infame, no sólo con la temeraria demostración de tragarse hasta la empuñadura una bruñida cimitarra de Borneo al tiempo que zapateaba un vertiginoso malambo de los Andes, sino también con el contundente arte de quitarse el conocimiento a sí mismo mediante un certero y espectacular golpe de boleadora aplicado entre ceja y ceja. Fue precisamente en la actuación de aquel viernes negro de 1929, cuando el infortunado siciliano recibió la visita de Caín Grim, mientras disfrutaba sobre el escenario de un justificado y profundo desmayo, ante el público estupefacto de las Minas de Cuñapirú.

Ni corto ni perezoso, el petiso Caín Grim se arrodilló a su lado, le vació los bolsillos y se cobró los honorarios de los treinta y un días de espectáculo que el Bello Zino de Oro le había hurtado, más las contribuciones al Banco de Protección Social, los intereses y multas correspondientes por mora, y el diez por ciento de la Ley de Jubilaciones de Artistas de Circo, Varietés y Minería.

Precisamente, el petiso Caín Grim estaba realizando esta última deducción cuando el tragasables siciliano comenzó a recuperar el sentido y a proferir alaridos de protesta. Dueño de una vasta experiencia que siempre le permitió resolver con solvencia las situaciones escénicas imprevistas, Caín Grim saludó al publico estupefacto de las Minas de Cuñapirú con una reverencia de torso inclinado, mientras adelantaba una bota blanca charolada con espuela de plata de gran rodaja estrellada, y la dejaba reposar sobre la ensordecedora garganta del Bello Zino de Oro. De esa manera logró convertir aquel inquietante alarido en un ronroneo terso de gato abisinio, apenas perceptible a treinta centímetros de distancia. De todos modos, como tarde o temprano todo pie debe retirarse de donde sea si se pretende seguir caminando por la vida, a Caín Grim se le ocurrió que una buena manera de distender aquel ambiente de violencia contenida que no debía afectar a terceros, era no quitar la bota del pescuezo del siciliano, tomar el charango y ejecutar dos o tres de sus composiciones más renombradas. Así lo hizo. En primer lugar interpretó *El cóndor pasa*, luego *Pasan las grullas* y, para finalizar, *El tiempo pasa*, repertorio que terminó por generar una insoportable angustia existencial colectiva en el estupefacto público de las Minas de Cuñapirú.

No obstante, con su manejo inigualable de las mil y una gamas de los estados del alma, Caín Grim se las ingenió para salir rápidamente de aquel emotivo estado general, y se entregó a repetir el mismo espectáculo con las boleadoras que había presentado el Bello Zino de Oro, aunque sin llegar al insuperable lucimiento de aquel. Y esto fue así, doctor von Klatsch, porque en lugar de bailar simultáneamente el malambo de los Andes, Caín Grim se vio obligado a realizar los malabares sin quitar la bota charolada blanca de la garganta del siciliano, hasta que al fin, en un inolvidable toque personal, decidió concluir el espectáculo con un formidable bolazo, aplicado casi en el mismo punto neurálgico donde el Bello Zino se lo había propinado a sí mismo antes de dormirse por primera vez. Es así, querido doctor von Klatsch, que nuestro payador, extraviado por el rencor y el deseo de vengar el daño que el siciliano había hecho a sus finanzas personales, terminó envuelto en los aplausos eufóricos aunque estupefactos del público de las Minas de Cuñapirú, y dio por finalizada la extenuante búsqueda del Bello Zino de Oro.

Curiosamente, dado su carácter más bien ascético, con la misma debilidad de un semidiós griego que se marea con la vanidad y el deseo de reconocimiento entre los mortales, Caín Grim pensó seriamente, durante la misma noche de aquel viernes negro de 1929, en continuar por Río Gande do Sul con el espectáculo de las boleadoras. Con seguridad lo habríamos perdido de vista para siempre en la vorágine de los alocados circos brasileños, de no ser por la abnegada Rosita Hepaminondas, que lo conminó a retornar a la carpa maternal de sus orígenes, para continuar con el programa que Tararara Ruas, el director artístico de Los Demonios de Siberia, había trazado para aquel año.

Por desgracia, aquella incipiente relación sentimental que, de haber prosperado, habría evitado al enojoso petiso los mil incidentes desagradables que le sobrevinieron en los años siguientes, duró apenas lo que por entonces se tardaba en recorrer el camino que llevaba de la frontera con el Brasil hasta Mosquitos.

Unos catorce días, aproximadamente. Apenas llegaron a la carpa de Los Demonios de Siberia, Rosita y Caín se insultaron mutuamente por un quítame allá estas pajas, y no se hablaron más hasta el otoño de 1932. El diálogo se reanudó de un modo accidental cuando, en una noche tachonada de estrellas, mientras él alimentaba de sueños en un plato esmaltado a su charango, ella se sentó en la escalinata del carromato y se dedicó a cepillar, limpiar, pulir y barnizar los dientes de Pancho Lancaster, hasta que se le acabó el dentífrico y no tuvo otro remedio que pedirle auxilio a Caín Grim.

Pero nada más lejos, respetado doctor von Klatsch, que pretender importunarlo con estos detalles que poco aportan a nuestra investigación. Debo agregar que nunca encontré nada interesante en la biografía de Rosita Hepaminondas, excepto su tendencia natural a vincular su corazón a cuanto par de mellizos se le atravesara en el camino. De todos modos, debo anotar que esa debilidad podría, eventualmente y desde un punto de vista antropológico, ayudarnos a comprender el misterioso y acaso perverso comportamiento de una psiquis melliza a la hora de compartir una mujer con un hermano, y a veces hasta con un primo de ella.

Pero no lo entretengo más por hoy, entrañable doctor von Klatsch. Me consta lo caro del tiempo que lo acucia y sé que usted simplemente espera esta carta.

Finalmente, mi distinguido catedrático, me despido de usted con alegría, pues la magia llenó esta mañana los árboles de mi patio: como si usted mismo les hubiera indicado que en este lugar mora el mejor de sus amigos, una bandada de ornitorrinolaringólogos de plumaje color verde infantería ligera, se posó entre las apacibles ramas. Lástima que no hacen más que cagarse en la fruta, en el patio, sin piedad, como si hubieran venido a Mosquitos solamente a eso. Pero no me importa, le juro que no me importa, y es más, estoy feliz, porque uno de esos pajaritos sorprendió al batracio fascista del gordo Provisorio con la boca abierta mientras dormía la siesta, y fiel a los mandatos de la naturaleza le puso los huevos en oídos, nariz y garganta. Y lo que me place por encima de cualquier incidencia doméstica, es que estos bellísimos pajaritos de inusitada presencia testicular, oficien de puente de la amistad y cariño, del entendimiento entre dos embajadores de las ciencias y de las artes, de dos virtuosos del álgebra y la filosofía, de dos cultivadores silentes de la teología y las letras: uno es usted, y el otro, usted lo nombrará cuando lo estime más conveniente.

Suyo, siempre más allá del frío

Orson C. Castellanos

CARTA N° 9

Distinguido Prof. Dr. Orson C. Castellanos
Mosquitos, Uruguay

Mi egregio amigo y maestro. Con gran expectación hemos esperado el arribo del correo, y digo hemos, porque toda la obtusa gauchada de estos pagos se congregó ayer frente a las diáfanas y serenas aguas del golfo de Penas, para contemplar entre vítores, exclamaciones soeces y alguna que otra voz de ánimo, los esfuerzos realizados por Miguel Strogoff, el mártir de las comunicaciones postales —o *"the postman"*, como suele chillar también el cretino de Emerson Polilla haciendo coro a los mugidos vacunos del gordo Concertado— por alcanzar la orilla y superar felizmente la incomprensible ira de los elefantes marinos, focas, y hasta una morsa de innegable aspecto dictatorial, empeñados en arrebatarle, no la carterita del correo —se sabe que estos informes mamíferos marinos son descaradamente insensibles ante los sucesos postales, y tal vez sea ésa la razón de su impasibilidad frente a la pasión filatélica—, sino algún trozo de su abnegada humanidad.

Miguel Strogoff, verdadero mártir del entendimiento y, a quien, en su última feliz estada en estas idílicas tierras australes el gauchaje profiláctico amputó la única pierna buena, reemplazándola por otra creación de Noé Azpegoitía, nuestro diseñador de moradas eternas, se vio enfrentado a una prueba más del destino, que se ensaña con estos modestos servidores públicos.

Me detengo antes de referirle la llegada de Miguel Strogoff, mi estimado alma mater oriental. Permítame hacer un nuevo salto atrás y narrar muy escuetamente lo ocurrido con la última pierna buena del sacrificado cartero: Durante su pasada estada como huésped de la pulpería que regenta Emerson Polilla en sociedad con el gordo Concertado, mientras se descongelaba en el barril que ya es como su segunda morada y que le impide mojar el suelo, el gauchaje indolente pasó de observar sus estertores a considerar que las posibilidades natatorias del adormecido cartero se veían seriamente mermadas con la existencia de una sola pata de palo con terminal palmípedo. Hombres dados a la reflexión (esta característica de los gauchos está brillantemente expuesta en su "Crítica a la locuacidad del Martín Fierro" que usted, haciendo gala de esa humildad que lo honra publicó bajo el pseudónimo de "Martín C. Castellanos")[9], ponderaron durante unos dos minutos el filo de sus facones, a continuación picaron con ellos la pierna congelada y realizaron una de las amputaciones menos sangrientas que recuerde la cirugía gauchesca. Acto seguido y aprovechando los efectos anestésicos de

---

[9] "Crítica a la locuacidad del Martín Fierro", de Martín C. Castellanos. Edición revisada y comentada por el Prof. Dr. Segismundo Ramiro von Klatsch. Ediciones Lilibro. Asociación Chilena de Tartamudos. Putaendo. 1975.

la hipotermia, entró en acción Noé Azpegoitía, sujeto que, siguiendo las instrucciones precisas del gordo Concertado, talló en madera de pellín una extremidad estilo Luis XIV. Algún inconformista de última hora reclamó indicando que la otra pierna era a todas luces estilo Luis XVI, y que esa mezcla de estilos estaba bien entre los franceses, pero que en nuestra austera región podría ocasionar confusiones.

Noé Azpegoitía lo escuchó, se quitó la boina con ademán filosófico, se rascó la pelambrera hirsuta, castigó la proverbial rebeldía de un par de liendres y concluyó que no tenía importancia, pues todo quedaba entre Luises.

Las dos extremidades, la Luis XVI y la Luis XIV, tienen idénticas terminales natatorias, admirado amigo y maestro, aletas obtenidas de los cuerpos de buzos y hombres rana que la corriente generosa dispone sobre las paradisíacas playas, sobre los pintorescos arrecifes sin pedir nada a cambio. Esto, excelso maestro, me obliga a citar unos inmortales versos de Caín Grim:

Me he de comer esa tuna
declaro con enorme arrojo
porque soy gaucho y no encojo
nada el pato en la laguna.

Atrás poesía, líbrame de tu embrujo. Sabio amigo y consultor, debe usted conocer esta muestra del ingenio criollo para una posible aplicación en tierras orientales que, tal vez, sin lugar a dudas, aliviarían de alguna manera los menesteres de su pupilo Rosevél Aldao. Noé Azpegoitía, ayudado por Emerson Polilla, el asturiano que cayó por estos pagos australes investigando una posible aplicación del guano en la industria turronera, dotó a las dos prótesis de un eficaz sistema muscular mecánico, consistente en la barrita en forma de coqueta "s" de un triciclo infantil, de tal manera que a Miguel Strogoff, debidamente arrojado por la borda del *Comodoro Rompepalla*, le basta con sólo encoger y estirar los muslos para originar así un movimiento regular y acompasado, bastante práctico cuando está en el agua, pero algo incómodo cuando, como en el caso de su llegada, debió deslizarse sobre la capa de invernal hielo que cubre el esplendoroso mar del golfo de Penas.

Por fortuna, el indómito Miguel Strogoff tiene uñas fuertes y, así, rasguñando el hielo como *la gata sobre el tejado de zinc caliente*, consiguió esquivar a los odiosos mamíferos marinos sin mayores daños, salvo el insignificante mordisco que recibió en la nalga derecha y que, muy entre nosotros, lo escora un poquito a babor.

En esta feliz ocasión Miguel Strogoff no terminó entre la roedora furia de los castores del Baker, sino entre los desconcertados picotazos que le dieron unos cormoranes, pájaros feos donde los haya, desvergonzados exhibicionistas que se están todo el día con las alas abiertas, mostrando impúdicamente sus partes emplumadas e impidiendo el melancólico pasar de las brisas polares.

Más tarde, mientras el paisanaje feroz lo metía en el barril de siempre para que se descongelara sin mojar el piso de la pulpería, me alejé convenientemente de las miradas torvas que los de por acá suelen prodigar a los hombres espirituales. Ellos prefieren entregarse a sus costumbres ludópatas, juegan a la taba, pero desconociendo las reglas del castellano deporte siguen los descabellados consejos de Emerson Polilla, y así han remplazado el inocente hueso, el astrágalo de vaca que lanzaban apostando entre feroces gritos si caería "taba" o "culo", por una tapa de submarino ruso que la serena marejada dejó una tarde sobre nuestra playita.

Esta innovación perpetrada al gauchesco deporte, fue la causa del lamentable fallecimiento de don Juan de Dios Wayne viudo de Silver, que en paz descanse. El estanciero era ya un apacible anciano, cuya única distracción era armar broncas hasta conseguir que lo echaran a patadas de la pulpería. Una aciaga tarde, don Juan de Dios Wayne viudo de Silver recibió la tarea de marcar con un palo tiznado los límites de la cancha de taba, y no advirtió que Emerson Polilla lanzaba la tapa de submarino para ir soltando la mano. Cayó "taba", fijesé. La peonada celebró con gruñidos el talento del asturiano, repitieron varios lanzamientos y, hasta que la tapa del submarino *Tovarich Mordzinski* no cayó "culo", no se percataron de que, adherida a ella, iban los compactos restos del estanciero.

Esto que tan escuetamente le detallo, venerado amigo y maestro, está muy bien narrado en las páginas del suplemento deportivo del *Austral News* del 19 de julio de 1977. En una de sus acostumbradas crónicas olímpicas, el periodista Byron Fornaro, célebre pluma y domador de caballos de calesita, detalló la "aplastante victoria" de Emerson Polilla.[10]

Antes de entrar en la materia que nos apasiona y

---

[10] ¡Gooool! Suplemento deportivo del *Austral News*. Byron Fornaro. Crónica Sportiva Criolla. "La aplastante victoria de Emerson Polilla en el Open de Taba" Edición del 19 de julio de 1977. Lago Chiripas, Chile.

une, la vida y obra de los Mellizos Grim, permítame decirle que comparto estoicamente su justa indignación en lo que respecta al actual comportamiento de los europeos, y a la lista de ímprobas acciones agrego lo que sigue: las poéticas y apacibles orillas del Estrecho de Magallanes están llenas de naves europeas, preferentemente españolas, mal aparcadas. Llegaron y las dejaron ahí, sujetas por los gratuitos arrecifes, sobre los mullidos bancos de arena, o sobre las islas luego de haber sido graciosamente estrelladas por el oleaje. Y jamás han preguntado cuánto deben de *parking time*. De tal manera que, justo y certero amigo, suscribo la carta al simpático negrito de la ONU, con copia a la OEA, esa amena sociedad dedicada a la loable misión de realizar pruebas lingüístico prostáticas a los mandatarios norteamericanos.

Antes de entrar en materia no puedo dejar de felicitarlo embargado de mi admiración y sana envidia, por el artículo que me envió junto a su última misiva tan primorosamente redactada con su recio lápiz de carpintero. Su "Laborismo Británico y Día de la Madre"[11] es una magnífica reflexión sobre las bondades del aborto, de la eutanasia, del homicidio con nocturnidad, premeditación y alevosía, que sin lugar a dudas enriquecerá las bibliotecas de los galenos, matronas, pediatras y jueces del planeta.

Durante la impaciente espera de su carta, sereno maestro, mientras me paseaba inquieto por las orillas

---

[11] "Laborismo Británico y día de la Madre" Ensayo. Dr. Prof. Orson C. Castellanos. Ediciones de la Asociación de Psicópatas de Mosquitos. Mosquitos. Uruguay. 1985.

del golfo de Penas, o admiraba el cantarino torrente del Baker, ya que los de la pulpería no me dejaban entrar hasta que cancelara las raciones de cordero asado que me sustentan y la renovada paja del jergón sobre el que pergeño mis mejores ideas, disfruté de la dudosa compañía del anteriormente citado Choro de Las Pampas. Este sujeto accedió a acompañarme en los intentos por cambiar el barrilito de miel que mis mecenas, la cooperativa de apicultores del Baker tan generosamente me enviaran, por unos cuantos pesos para afrontar la desidia del gordo Concertado y de Emerson Polilla.

Estos dos tipos de modales salvajes colgaron en la puerta de la pulpería un poema aiku que reza: "hoy no se fía, mañana sí", cuya textualidad no permite, ni ellos dejan, ninguna reflexión contradictoria acerca de la temporalidad o la sintaxis.

Trotando alegremente por el paisaje nevado y recibiendo los fraternos golpes que el Choro de Las Pampas me prodigaba cada vez que me veía medio congelado, supe que luego de la desaparición de Caín Grim, su hermano Abel se entregó con singular denuedo a la innoble tarea de suplantar al verdadero genio, al dueño inequívoco del talento creativo que madre natura escatimó a él, y que con tanta generosidad adjudicó al petiso. Para ello se asoció con el gaucho Humberto de Las Mercedes Bogart, un tipo casi tan bajito como Caín Grim, de pocas palabras, y que apareció por estos pagos con la idea de abrir una pulpería-karaoke, empresa que fracasó estruendosamente luego de intentar que la enana negra y peluda del circo Las Águilas Humanas aprendiera a tocar el pianoforte, un vetusto instrumento adquirido a la última familia de cuáqueros que pasaron por el austro, y que luego de someter a su prole a las artes circunscitorias del Convulso Fajardo, desapareció inexplicablemente. Otro de los misterios patagónicos, admirado maestro.

Según el Choro de Las Pampas, el censurable espectáculo ocurría más o menos así: los dos llegaban a las estancias para la fiesta de la capa, casamientos, cruce de vacunos, velorios u otras celebraciones, subían al estrado y, ahí, imperturbable a los restos de boñigas, boleadoras, botellas o facones que les lanzaban, Abel Grim mal graznaba los temas de su desaparecido hermano. Junto a él, Humberto de Las Mercedes Bogart, esquivaba con movimientos desganados los objetos, y sentado sobre un bombo legüero fumaba con estudiada negligencia. Cuando Abel Grim daba los zarpazos y aullidos finales a un tema, entonces, el gaucho Humberto de Las Mercedes Bogart sacudía la ceniza del pucho, volvía ligeramente la cabeza y le decía: "Tocala una vez más, Abel".

Este dúo, por llamarlo de alguna manera, de impostores, recorrió las estancias de Chile Chico, Lago Cochrane, Río Mayo, Coronel Las Heras, y en todas partes recibió el justo reconocimiento de las contusiones con que el gauchaje malevo suele premiar lo que no entiende. Hasta que un día, el nostálgico Humberto de Las Mercedes Bogart cambió de expresión, su enigmático rostro se iluminó y una leve e intrascendente mueca de esperanza se dibujó en su boca. La enana negra y peluda le había dado una cita en el corral de chanchos del gaucho Carloto Heston. Como su amo, los chanchos andaban todos armados con burdos remedos de Winchester atados a los lomos. En ese lugar de patagónico romanticismo, Humberto de Las Mercedes Bogart le ofreció su "Pamplona" de vino, que la enana negra y peluda despachó sin el menor recato, y a continuación lesionó sin piedad su alma al confesarle que jamás le interesó el pianoforte, y que además estaba enamorada de otro hombre cuya identidad no podía confesar.

No muy lejos de la terrible confesión, Emerson Polilla, que ya había llegado por estos pagos, tocaba alegremente la gaita llenando de aires celtas, la marca de los cigarrillos que fumaba incesantemente, la noche austral.

"Tocala de nuevo, Polilla", ordenó sin alzar la voz el doliente Humberto de Las Mercedes Bogart, mientras la amorosa punta de su facón acariciaba la garganta de la enana negra y peluda.

Sí, excelso maestro, lo ha adivinado. Ésta es la historia que más tarde el petiso Grim reflejó en uno de sus más tristes portentos literarios:

> *Negra noche de mi duda*
> *ni tinta de calamar*
> *ni tijera de podar*
> *no existe rana peluda.*

Lo que ocurrió en el corral de Carloto Heston sólo lo supieron los silentes chanchos, pero según la pobre y lacónica descripción del Choro de Las Pampas todo aconteció así: "Esa noche el brillo de un facón herido opacó la luz de la luna, y las estrellas reflejadas en su filo terrible desaparecieron bañadas por una tonalidad roja más fuerte que la aurora". Disculpe usted, cervantino maestro, que cite textualmente las elementales palabras del Choro de Las Pampas, pero a veces conviene usar las burdas expresiones del populacho.

Fiel a los preceptos gauchos, Humberto de Las Mercedes Bogart despellejó a la enana negra y peluda, y dejó el cuero bien estacado en un muro del corral. Luego, entró a la leyenda. Algunos dicen que subió a la grupa de la motocicleta de Esteban Macuín a quien confesó el crimen y le pidió ayuda para el gran escape que lo sacaría de la Patagonia. Otros dicen que cruzó a la Tierra del Fuego, y que allá abrió la soñada pulpería, remplazando al pianoforte de los cuáqueros por una máquina wurlitzer. Lo único cierto y comprobado es que, al año siguiente, Juanito Weissmüller regresó con el circo Las Águilas Humanas, y al enterarse del trágico fin de la enana negra y peluda echó a correr vestido nada más que con un coqueto taparrabos de cuero de guanaco hacia los bosques infinitos de la Patagonia andina, y ahí se quedó para siempre, aullando su dolor y saltando de rama en rama para evitar la hipotermia.

Caín Grim reapareció una tarde cargando sobre sus espaldas un gran misterio, y a don Benigno Mengele, cuyo matungo preferido se había lesionado una pata. Espoleado sin piedad por el distraído estanciero, se dejó atar frente a la pulpería que ya administraba Emerson Polilla, inclinó su portentosa cabeza sobre el abrevadero, bebió el agua fresca del Baker, y preguntó por su innoble hermano.

Cuando Abel Grim acudió a la llamada filial, los dos hombres se abrazaron, cayeron abrazados, se levantaron abrazados, volvieron a caer sin interrumpir el lazo de sangre, hasta que Emerson Polilla los separó con sendos golpes de paellera.

Al recuperar el conocimiento, Abel Grim mostraba las cicatrices dejadas por el facón de su hermano, y Caín buscó con desesperación la media oreja que el otro no se atrevía a escupir puesto que, sin embargo de las obvias diferencias que los separaban, aquel obtuso hombre no dejaba de sentir respeto por su talentoso hermano.

Hasta aquí, venerado maestro y amigo, lo que me refirió el Choro de Las Pampas. Tras una semana de infructuosos esfuerzos por vender el barrilito de miel, mi compañero de desgracias sustrajo la gaita del pulpero asturiano, y el céltico instrumento enriquece ahora la colección de armas de Carloto Heston. No fue difícil convencerlo de las bondades de esa ametralladora escocesa, como la presentó El Choro de Las Pampas, y con lo obtenido recuperé la dignidad de mi rincón muy cerca de la benigna salamandra.

Desde este lugar, a salvo de los rigores invernales, le escribo, estimado amigo y dilecto confidente.

Miguel Strogoff recibe en este momento una escudilla de caldo de cordero. Por las ampollas que se forman en su boca me temo que está, además de reconfortante, hirviente, pero el abnegado émulo criollo de su pupilo Rosevél Aldao ya es parte del fuerte paisanaje y no reclama. Toda su atención se concentra en mantener el equilibrio, puesto que la han quitado las aletas natatorias y en su lugar le han puesto una rueda de triciclo infantil que le permitirá moverse como un monociclo por la tierra firme. El buen hombre sonríe feliz de ser el primer cartero anfibio.

Nada más, por el momento, mi apreciado y oriental amigo.

Lo saluda con la más alta estima y consideración

Prof. Dr. Segismundo Ramiro von Klatsch

Carta Nº 10

Prof. Dr. Segismundo Ramiro von Klatsch
Tortitas, Patagonia

Maravilloso Profesor: desde su primera carta siento que uno de cada treinta y dos días resurjo como el gato Félix entre las cenizas, cuando por la ventana de mi cuarto de trabajo veo la figura enhiesta y agobiada de Rosevél Aldao, aproximándose a paso redoblado, con la tímida y desapercibida prestancia de quien siente que camina al ritmo de la marcha sobre el río Kwai ejecutada por las trompetas de Jericó Sánchez, el indudable maestro de Louis Armstrong.

El gran embajador del basural avanza hacia mí apretando bajo el brazo y con gran celo el sobre congelado y casi sin vida, que habrá de tenderme un puente fraterno con el resto del mundo. Esto es, con usted, querido doctor von Klatsch.

Cuando veo venir a Rosevél por la calle de tierra, levantando enrojecidas polvaredas con sus roñosas alpargatas Kelvin Klein, le aseguro que este buen cristiano se me hace cada vez más grande, más estatuario y marmóreo en su emblemática figura de legítimo cartero usurpado por ese hijo de siete mil putas del Gordo Provisorio, batracio fascista que a medida que insiste en pervertir su función y que es sustituido por Rosevél Aldao en los servicios sagrados de la comunicación humana, más me confirma aquello de que Dios no existe y el hombre es su profeta.

Sin embargo, persistente profesor, si bien me pone eufórico la sola visión a la distancia de Rosevél Aldao, ya son dos las oportunidades en que lo he saludado equívocamente con la alegría exultante de un perro cimarrón con dos colas, suponiendo que me trae cartas suyas desde el basural donde ese sapo cavernario arroja sistemáticamente mi correo. En efecto, la primera vez fue una simple y despersonalizada notificación de mi plutócrata[12] editor en Italia, el Príncipe Agonía del Reino de Nápoles, comunicándome que mi ensayo sobre "Los duques de Hazard y el medioevo perverso"[13], no sólo no ha generado el más mínimo derecho de autor aún, sino que, por el contrario, soy yo quien debe enviarle el diez por ciento de los derechos de editor por concepto de ejemplares no vendidos, lo cual no deja de extrañarme y de olerme a abuso. Es más, aún estoy dudando entre responderle mal y continuar con él (nunca está de más un editor en Italia, como usted bien supondrá, augusto profesor) o intentar publicar

---

[12] "Pluto, el tirano de los perros y su amistad ácrata con Pinocho de Génova", tesina de postgrado del Príncipe Agonía de Nápoles, supervisada por el Prof. Cach Arpaia. Universidad Mayor de Proscida, Italia. 1968.

[13] "Los duques de Hazard y el medioevo perverso", ensayo de Orson C. Castellanos y Wendolín Hazard IV, Universidad A Distancia de Falkland Island. Traducción al italiano de Magro Parmezano. 1989.

mis próximas investigaciones con un editor de Macedonia, que ha puesto gentilmente a mi disposición un poderoso mimeógrafo a pedal y, para qué negarlo, me tiene muy tentado con sus escarceos autosustentables de posguerra.

La segunda carta encontrada en el andurrial de latas y deshechos hace apenas una semana, procede del especialista en violencia genética, el antropólogo y jesuita portugués Quintiliano Xico Valente Guedes, radicado ahora en Os Morros do Laurinha de Boa Manhá, en pleno Matto Grosso.

Con este "abnegado capellao dos colericos", como lo han calificado con justicia los colegas brasileños (y al que le debo buena parte de la extenuante investigación sobre la enemistad entre el Bello Zino y el rencoroso Caín Grim), vivimos una apasionante aventura antropológica veintiséis años atrás, tan memorable que al cumplirse cada aniversario recibo una de estas misivas de salutación fraterna, lo que me permite recrear nuevamente aquellos avatares científicos y contárselos a amigos como usted.

En efecto, dilecto profesor von Klatsch, hoy se cumple un año más desde aquel 30 de noviembre de 1976, fecha en que por esas extrañas ironías del azar, nos vimos atrapados con Quintiliano Xico en la enigmática y prácticamente desconocida gesta de los indios ágrafos, un pequeño y furioso pueblo ya en extinción a causa de la ingestión voraz de tapitas de Coca-Cola arrojadas intencionalmente a su paso por los constructores de la autopista Oeste del Matto Grosso. Debo anotarle, querido doctor von Klatsch, que aquella singularísima etnia de los ágrafos llegó a atraer poderosamente la atención del antropólogo Claude Lévi-Strauss, quien se sorprendió en grande con el belicoso rechazo que estos guerreros irreductibles le profesaban a las antiguas danzas de Baviera, desde el primer instante en que las vieron bailar a la inconcebible hora tropical de las tres de la tarde.

Lévi-Strauss atribuyó el rechazo al talle apretado y el andar equívoco que exhibían sin pudor algunos de los ingenieros alemanes que diseñaban la ruta del Oeste, sobre todo cuando se entregaban entre ellos a esos bailes obscenos de la hora de la siesta, en lugar de echarse a descansar como era de esperar en esos tristes trópicos.

En esta última carta, Quintiliano Xico Valente Guedes me narraba las temerarias expediciones armadas de los ágrafos durante la dictadura del general Castelo Branco, tiempos en que no dudaron en atacar por sorpresa numerosos puestos militares enclavados al pie de la selvática cordillera de Amambay sobre la frontera paraguaya. Por lo que pudo averiguar mi colega Quintiliano X. Valente Guedes a través de los testimonios de algunos oficiales sobrevivientes del Cuartel de Os Morros de Laurinha de Boa Manhá, los indómitos ágrafos llegaron a concretar la friolera de sesenta asaltos sin tener una sola baja en sus filas. Resulta admirable la forma en que se organizaban sin apelar al gran número, pues se agrupaban en comandos de doce hombres encapuchados, enteramente desnudos y silenciosos, cada uno armado apenas con una estilizada cerbatana y una temible AK-Remington-X15 portátil negra, sin duda la mejor máquina de escribir que se conoció por aquellos tiempos. Ante el espanto de la oficialidad tomada por sorpresa, cuidando de mantener neutralizada a la tropa con las amenazas de sus cerbatanas venenosas, los ágrafos se apoderaban de la mesa de trabajo del comandante del cuartel, la arrastraban hasta el patio de armas y una vez allí, el jefe rebelde, cubierto su rostro con un pasamontañas negro y en pelotas, disponía encima con mucha parsimonia su "AK-R-X15 PN", como acostumbraban a abreviar a las Remington de entonces. Acto seguido, bajo un inclemente solazo de huevos fritos, el gran jefe se concentraba durante tres o cuatro y hasta cinco horas, en escribir al ritmo de una dactilógrafa primitiva, una extensa y abstrusa proclama revolucionaria en guaraní, en la que intimaba a las fuerzas militares a abandonar sus posturas reaccionarias, beligerantes y devastadoras de la biodiversidad de la región, para dedicarse de una vez por todas a dar clases de *pool* en los cuarteles, a organizar zafaris para cazar generales y coroneles y a pintar paisajes para regalar a las esposas de los oficiales. Cuando había finalizado con la escritura del documento y faltando todavía cuatro horas para la puesta del sol, el gran jefe ágrafo procedía a leer el documento en voz alta y mesurada. De más está decir, estimado doctor von Klatsch, que al promediar el cuarto de los doce capítulos de la proclama en guaraní arcaico, los soldados y oficiales brasileños comenzaban a enrojecer hasta la apoplejía primero y a caer como podridos al suelo después, momento en que los guerreros ágrafos saltaban sobre ellos por sorpresa, los amarraban de pies y manos y los tomaban como rehenes.

Más tarde, al llegar el menguante de luna, se procedía a llevar a los prisioneros mejor peinados y ya repuestos de la proclama, a la plaza de Os Morros de Laurinha de Boa Manhá donde los esperaba una multitud de mercaderes enardecidos por el ocio y la ausencia de planes. Allí, en medio del jolgorio y de los cánticos de victoria, se procedía a regatear y a canjear los militares prisioneros por afeitadoras eléctricas, casetes de Caetano Veloso, banderines del Santos con el autógrafo de Pelé, poemas escritos en servilletas de café por Chico Buarque, tapitas de Coca-Cola, almanaques de Sonia Braga y ticholos de banana, entre otras menudencias. Luego, cargando el suculento botín obtenido y cantando viejas melodías en guaraní, los ágrafos regresaban a la selva, traspasaban la cordillera de Amambay y volvían a sus antiguas tierras paraguayas a orillas del lago Ypacarai, donde el gran jefe Aguará Guazú Chamamé-e Kirschner, dueño de un cerebro vigoroso y bien organizado, se ganaba la vida trabajando como extra en las películas de Isabel Sarli, aquella legendaria diva mezcla de diosa y pantera a la que siempre se le caía el jabón durante la toma del baño en la ducha.

Esta etapa en la vida de los antiguos ágrafos, quedó maravillosamente registrada en un trabajo aún no traducido al español de Quintiliano Xico Valente Guedes[14], escrito cuando aún no había sido declarado persona excedente del Paraguay. De paso, le cuento que esta desgracia le ocurrió a Quintiliano tras haber dado a

---

[14] "As tretas de Isabel Sarli, o amor bruxo de Aguara Guazú Chamamé-e Kirschner e otros relatos do Matto", de Quintiliano Xico Valente Guedes. Ediçoes "Capellao dos Colericos". Os morros de Laurinha de Boa Manhá, Brazil. 1979.

conocer un breve y divertidísimo ensayo en el que teorizaba sobre el confuso amor no correspondido de la diva argentina con el cacique ágrafo y que, en realidad, no era otra cosa que un llamamiento popular entre líneas para apoyar un plan de ataque con su clásica A-K Remington, a la hacienda donde acostumbraba dormir su siesta el dictador Alfredito Stroessner. Plan que, según especuló Quintiliano Xico en su última carta, si se hubiera cumplido como lo había planeado el jefe ágrafo Aguará Guazú Chamamé-e Kirschner, la caída del dictador hubiera sido mucho más rápida y estruendosa que la indolora y gris ocurrida años más tarde.

    Lo demás es historia conocida, pues todos los detalles de esa saga rocambolesca están contenidos en mi libro "Stroessner: ¿exsimio vociferante o frívolo eremita?"[15]. Un manual exclusivo para universitarios e involuntariamente muy popular, debido al capítulo donde se recopilan las pesadillas con que ese viejo de mierda suele despertar de pie en la cama, durante sus noches de exilio en San Pablo. Allí doy cuenta de todas las salidas al balcón de su tranquilo departamento frente al aeropuerto de Guarulhos, donde el vetusto dictador hace su aparición desnudo y con un oso de peluche uniformado bajo el brazo, para declarar personas no gratas, a gritos y en un guaraní de acento germánico, hasta ciento cincuenta personas por noche, cuyos nombres son tomados al azar de la guía telefónica de San Pablo.

---

[15] "Yo, Stroessner: ¿exsimio vociferante o frívolo eremita?" De Orson C. Castellanos. Ediciones del Zoo de Villa Dolores", Montevideo. 1987.

Pero vayamos al grano, mi querido profesor von Klatsch, pues no quisiera desviarme demasiado del tema de los Mellizos Grim, vidas cuyo desentrañamiento ha prendido en mí hasta orillar los límites de una pasión artística. Y si hay algo que me provoca un gran regocijo en todo esto, es comprobar que nuestras hipótesis y trabajos de campo, encajan a veces en delicada perfección como las piezas de una colisión de trenes de ganado en plena Patagonia. Pues ésta es una de ellas, enardecido profesor. Me refiero a esa etapa sincrónica que vivieron los Mellizos Grim cuando, separados por el destino, estas extravagantes criaturas de la música encontraron la forma de seguir actuando en pareja y perpetuando el arte de payar, sin que les amedrentara ningún obstáculo aparecido en sus caminos.

Usted me cuenta del artero vínculo de Abel Grim con el impostor Humberto de las Mercedes Bogart, especulando con su sorprendente parecido físico al infausto Caín, extraviado por el rencor en los campos de Tacuarembó, luego que el Bello Zino se fugara a Río Grande del Sur con su caché del mes de enero de 1927.

Para su asombro, querido y extenuado doctor von Klatsch, también por estos lares Caín Grim encontró su propia forma de sustituir al Mellizo Abel y sospecho —pues aún no ha pasado por mis manos la totalidad de los documentos referidos a esos días—, que se trató del apogeo de su leyenda, gracias a la notoria elevación de la autoestima que le generó su compañero circunstancial, el payador Cachengo Braga.

Me inclino a pensar que fue su mismo resquemor mal canalizado, el mismo despecho que lo acompañó hasta el fin de sus días, lo que llevó a Caín Grim a aferrarse a Cachengo Braga e iniciar una trayectoria diferente, que si bien era más sinuosa, arriesgada y polirrítmica, no dejaba de ser más dominable y auténtica para él mismo. Digo esto, querido profesor, porque aún permanece en exhibición en una vitrina del Museo del Charango de Gualeguaychú, una amarillenta y casi ilegible carta equivocada, escrita por el diminuto puño seguro y trémulo de la enana peluda y negra que usted menciona, que luce el clásico matasellos de Mosquitos, casi treinta años antes que el batracio fascista del Gordo Provisorio mal naciera.

Seguro que en un lapsus de escasos centímetros, la enana peluda envió por error el sobre a Caín Grim, cuando en realidad debió enviárselo a su hermano, puesto que en aquella furiosa misiva le recriminaba a Abel el haber sido tan permisivo frente a la desenfrenada tendencia al protagonismo de Humberto de Las Mercedes Bogart. En realidad no era para menos, ya que una de las más resonadas egolatrías ocurrió en el cálido espectáculo que brindaron a una expedición de ocho exploradores en una esquina del glaciar Perito Moreno, donde Humberto d. L. M. Bogart perdió tanto tiempo estampando su impresión digital en los diarios de viaje de aquellos muchachos, que al fin se les derritió el hielo y cayeron todos despeñados a las heladas aguas del mar, sin que la enana negra y peluda contara en aquel par de hojas amarillentas lo que ocurrió después. ¿Acaso supo usted algo de este incidente, profesor?

Pero lo que deseo destacar es que a través de esa carta de la febril enana negra y peluda, entendió Caín Grim dos cosas: primero, que su hermano Abel parecía haberlo olvidado alegremente y, segundo, que se sentía muy cómodo con el suplente bastardo que había ocupando su lugar. Y así fue que leyendo *El Heraldo* de Mosquitos en una mesa solitaria del bar Euskalduna, el Mellizo Caín ideó su revancha, cuando se encontró de buenas a primeras con un llamativo anuncio que hablaba de "Venta de ropa en general / Cachengo Braga / Payador de estirpe, relator de domas con gran solvencia y buen lenguaje campero / Consulte en Palmitas y zonas adyacentes".

Sin darle más dilatorias al asunto, Caín Grim ensilló su yegua "Aluminio" —la terrible crisis que ya se había enseñoreado de la región le impidió homenajear con el mismo nombre de la difunta "Silver" a su potranca—, y se fue en un furioso galope hasta el puesto de venta de ropa usada que Cachengo Braga tenía en la localidad de Palmitas, un poblado próximo al río Uruguay.

Caín Grim llegó al amanecer, cuando el sol despuntaba ya sobre la quincha de los ranchos adormilados y se detuvo como si hubiera sido una decisión casual, con la excusa de adquirir un poncho de vicuña y un par de lentes de sol Ray-Ban que le permitiesen pasar inadvertido entre el gauchaje de veinte pueblos a la redonda.

Se trataba de un anonimato deseado y necesario, sobre todo cuando quería deambular tranquilo por las inmensas praderas suavemente onduladas, sin que nadie lo importunara con la maldita pregunta "¿No me diga que usted es el hermano de Abel Grim?" Afortunadamente, Caín se ahorró todas las penurias de la presentación, pues al verlo, Cachengo Braga tiró el mate al suelo, revoleó el sombrero por los aires y sacó luego del bolsillo trasero un mugriento pañuelo a cuadros para enjugar aquella emoción que le embargó hasta los bienes personales. Recién entonces, preguntó atónito: "¿No es usted Caín Grim, el Mellizo Criollo, el Farinelli de la Patagonia? ¡Venga a mis brazos, hermano!" Y allí mismo, en aquel rincón olvidado del pueblo de Palmitas, nació la entrañable amistad entre el petiso Caín y aquel hombre multifacético y alto como una caña de bajar higos, tan similar en algunos aspectos al lejano y negligente Abel, que lo aceptó de inmediato como un hermano de leche en polvo.

Fue por esos días de fines de 1928, querido profesor von Klatsch, que Cachengo Braga hizo los primeros arreglos para inmortalizar a Caín Grim, quien no tuvo más remedio que bajar pudorosamente la vista al suelo trillado por las innumerables botas repujadas de las pulpería de Cerro Chato, donde se presentaron por primera vez, mientras Cachengo Braga cantaba:

> *Señores: no está de duelo,*
> *es el color de la crin*
> *orgullo de nuestro suelo,*
> *se llama don Caín Grim.*
>
> *Envuelto en la azul y blanca*
> *lo llevan los orientales,*
> *un sol de oro de la Pampa*
> *y un facón lo espera a él,*
> *soy como su hermano Abel*
> *aunque no tenga su estampa.*

Y así empezó esta verdadera propuesta artística de Caín Grim y Cachengo Braga, gratificado profesor von Klatsch, de la que tenemos una visión necesariamente restringida, pero que nos habrá de servir como aceitado gozne entre el discurso de vida y el discurso de ideas de estos extraordinarios mellizos clonados por el destino, si es que le damos un valor artístico "x" a Humberto d. L. M. Bogart y a Cachengo Braga de Palmitas, los verdaderos mártires de la sobrevivencia del dúo.

Finalmente, dilecto doctor, sólo me resta el encargo de mi amigo Rosevél Aldao, quien con los ojos llorosos cual un quirquincho cenando hormigas, me solicitó que usted le trasmita al colega Miguel Strogoff, su profunda consternación por el accidente marítimo que sufrió y lo alienta al mismo tiempo a que se sobreponga como un verdadero hombre de la Patagonia y que disfrute intensamente de la vida sana y sin preocupaciones.

Sin otro particular, dejándolo reflexionar con tranquilidad sobre todos estos temas que podrán enredarnos pero jamás confundirnos, lo saluda con total esmero su colega y amigo

Orson C. Castellanos

Carta Nº 11

Respetado Profesor Dr. Orson C. Castellanos
Mosquitos, Uruguay

Mi dilecto y sabio amigo: más de cuarenta días he tenido que esperar entre la desazón propia de la incertidumbre, y la salazón a la que me ha obligado el innoble Emerson Polilla, sujeto que, por minucias tales como treinta días de atraso en el pago del jergón de paja que cobija mis sueños y varias raciones de cordero al palo, me confinó a picar sal en una de las playitas idílicas del Golfo de Penas.

Ahí, sin embargo, acompañado de las serenas olas con sus ondulaciones de siete metros, y los gritos de los náufragos del *American Dream* —un vapor dedicado al transporte de estiércol desde el penal de Usuahia hasta Baltimore con fines científicos—, tragados por el mar sin que ningún exponente de la obtusa peonada de por acá les echase una mano, ya que los oficiales y marinos gritaban en un idioma incomprensible para el paisanaje que los llevó a confundir la agonía con el éxtasis. Ahí, como le digo, en medio de aquel acogedor panorama, piqué sal con una piedra que el mismo Emerson Polilla en un arrebato de gentileza tuvo a bien darme, y medité sobre lo afortunado que soy al poder mantener esta correspondencia con usted, maestro, luz de la Banda Oriental. Medité también acerca de lo difícil que es el género humano y su menguada capacidad de comprender los detalles de la vida contemporánea, como pude comprobarlo al intentar explicar a Emerson Polilla que mis mecenas, la cooperativa de apicultores del Baker, habían sufrido un natural y explicable retardo en el envío del barrilito de miel y los dos costales de alfalfa seca que constituyen la generosa beca otorgada a este modesto servidor para investigar y escribir un ensayo sobre la vida y obra de los Mellizos Grim. Además, creo que Emerson Polilla sospecha que yo tuve algo que ver con la desaparición de su gaita, céltico instrumento que remplazó por otro similar fabricado con un cuero de guanaco y unas cañas de colihue o quila, como se le llama por acá al mismo bambú que tanto deleita a los osos panda.

Supongo también que sus infundadas sospechas, porque el responsable del latrocinio justificado fue el Choro de Las Pampas, como recordará, hicieron que pusiera particular énfasis en relegarme a picar sal, condena que cumplí con estoicismo, y puedo decir con la frente muy alta que recuperé dignamente mi lugarcito junto a la cálida salamandra.

Mientras me entregaba a picar sal, tuve también la ocasión de practicar las artes cinegéticas y de diseño. Así fue que luego de matar a pedradas a siete chingues, que es como el contumaz gauchaje llama a las mofetas, con sus fragantes pieles confeccioné una boina que más tarde ofrecí a Emerson Polilla en señal de amistad. Con gran entusiasmo se la puso de inmediato y era una dicha verlo con su aspecto de David Crocket hidrocefálico.

Recuperada mi condición de científica y sin alejarme de la pulpería, me dispuse a esperar las buenas nuevas. La primera en llegar fue justamente la esperada carga de miel y alfalfa que, si no consigo vender, temo que será mi sustento sano y ecológico hasta que ocurra un milagro. Para mi sorpresa, eximio profesor, las vituallas que dan sentido a la pulpería venían como siempre a lomos de mula, pero esta vez el arriero de la recua no era otro que el Convulso Fajardo, a quien todos daban por desaparecido en alguno de los tristes penales del Caribe, puesto que, luego de fracasar estrepitosamente como lanzador de cuchillos en el circo Las Águilas Humanas por culpa de un molesto Parkinson, y más tarde como circuncisor de cuáqueros, anunció a los cuatro vientos que se largaba a probar suerte en la promisoria Tortuga, nostálgico destino stevensoniano que, lo supimos recién cebando unos mates, no estaba en los luminosos mares del Caribe sino en Punta Arenas. Ahí, en La Tortuga, un establecimiento, por decirlo de alguna manera, de dudosa respetabilidad, el Convulso Fajardo se dedicó al malabarismo de los trileros, y al parecer los temblorcitos del Parkinson fueron muy efectivos para ocultar la carta con la sota de oros, mientras los ludópatas de estos pagos apostaban hasta la chiripa.

Disfrutando de la compañía del Convulso Fajardo, que despojó a Emerson Polilla de la boina que con mis manos confeccioné, y a mí del barrilito de miel, permanecimos varios días hasta que el Gordo Concertado nos sacó a empujones anunciando que en el plácido horizonte del Golfo de Penas estaba el *Comodoro Rompepalla*, y con el barco, el ansiado correo.

The postman, the postman!, anunció el censurable sujeto, émulo del mal bicho que arroja su correspondencia al basurero de la tan noble y célebre villa de Mosquitos.

Qué espectáculo, egregio profesor. Frente a las serenas y diáfanas aguas del golfo, nosotros, los habitantes de este rincón austral. Entre las olas, las focas, elefantes marinos y morsas disfrutando las pálidas carnes de los últimos náufragos del *American Dream* y, entre las indolentes fieras, sí, dilecto amigo, exactamente, Miguel Strogoff nadando veloz, con la carterita del correo entre los dientes, mientras las prótesis natatorias fabricadas especialmente por Noé Azpegoitía dejaban una estela de plata.

Comandados por el gordo Concertado le gritamos que orientara su rumbo unos cinco grados más a estribor para que alcanzara así la playita de guijarros donde solemos esperarlo, pero era tal la abnegación, la diligencia natatoria del excelso funcionario de Correos de Chile, que se metió a las aguas del Baker y siguió nadando entre la expectación de los castores hasta que lo perdimos de vista.

Por fortuna estaba todavía en el pueblo el Convulso Fajardo y su recua de mulas. Por una módica suma accedió a prestarlas y organizar así la búsqueda del cartero. Lo encontramos a tres días a trote lento, con la mitad delantera del cuerpo —y no digo superior porque estaba horizontal— enterrada en el hielo del glaciar de La Pena Grande, portento de la naturaleza y demostración de la belleza toponímica de estos pagos.

Picamos hielo una dos horas hasta que lo sacamos, aunque lo más difícil fue espantar a los varios cientos de chimangos que, indignados, le picoteaban las prótesis natatorias.

Como siempre, Miguel Strogoff gozó de la hospitalidad de la pulpería y, junto al fuego, metido en el barril que le impide mojar el suelo, se fue descongelando hasta que la carterita del correo cayó de su boca y todos respiramos con alivio.

Una vez que Miguel Strogoff superó la tembladera, y su rostro se llenó de ampollas porque el muy bestia de Emerson Polilla insistió en reanimarlo dándole a beber un caldo de cordero hirviente, le trasmití el emocionante saludo de su pupilo Rosevél Aldao, esa fraterna invitación a disfrutar de la vida sana y sin preocupaciones que, gracias a usted, generoso y excelso profesor, llegó desde las tierras orientales hasta las orejas escarchadas de un chasqui criollo.

Miguel Strogoff murmuró un viril "la puta que lo parió", y no dijo nada más porque, usted lo sabe mejor que yo, dilecto amigo, los hombres de estas tierras benditas por los elementos se guardan sus emociones y se limitan a apretar los puños frente a la alegría o frente al estreñimiento. No puedo sino citar unos certeros versos de Caín Grim:

No dijo nada de nada.
Le ofrecí facturas,
leche en el mate, mermelada,
palangana, alpargatas, una bombacha morada.
Y no dijo nada de nada.

¡Oh poesía! ¡Oh sentir de los gauchos! Sé que al recordar estos versos del petiso ilustre, usted, ateniense de la Banda Oriental, se dejará embargar por la misma emoción que me sacude cada vez que cito al excelso artista.

Con sumo cuidado, eximio amigo, desdoblé los finos folios de papel kraft de 140 gramos que usted emplea para escribir sus certeras y deslumbrantes misivas. Sonreí con la complacencia de los cómplices dumasianos al descubrir unas manchitas a las que acerqué mi nariz, y una vez más pude comprobar las excelencias de su arte culinario. Sin embargo del viaje, esas manchitas olían aún a pescado, mas no a cualquiera, tal vez se trate del aroma litoral de un soberbio surubí pescado en compañía de su pupilo Rosevél Aldao, o que cenó en el memorable bar Euzkalduna, institución que alguna vez visitaré para extasiar mis papilas con los sabores orientales, si es que mis sostenidas raciones de alfalfa no me las arruinan.

Así, estimado y admirado maestro, con trémula y serena emoción, me alejé de la chusma para leer su esclarecedora e iluminadora misiva. Ellos, el gauchaje feroz, se entregaban a las deleznables costumbres ludópatas incentivados por la baraja del Convulso Fajardo y por los juegos de malabar ofrecidos por Yolando de Heriz, un gaucho de aspecto temible, domador de las mulas del Convulso Fajardo, y que además suele participar en el circo Las Águilas Humanas sacando toda clase de objetos absurdos de una boina. Se dice que este hombre fue el responsable de la ruina definitiva de Pancho Lancaster, pues en una función que el circo ofreció en la estancia de don Benigno

Mengele, para hacer aún más espectacular sus pruebas, el gaucho Yolando de Heriz anunció que renunciaba a la boina como cajón de milagros y en cambio sacaría palomas, pañuelos, florcitas, almanaques y lo que fuera, de la boca prodigiosa de Pancho Lancaster. Y así dicen que lo hizo. Teniendo como marco la impecable dentadura del ex trapecista, extrajo de su boca siete palomas que volaron hasta perderse en la noche austral, aunque todos aseguran que terminaron en la olla de Emerson Polilla, que por entonces oficiaba de cocinero en la estancia de don Benigno Mengele. Pero también extrajo nueve metros de trapos de colores afeminados, catorce metros de cabo marinero, un ejemplar del Kama Sutra que vendió de inmediato, y una liebre que se dejó jalar dócilmente por las orejas, pero que apenas puso las patas en el suelo empezó a correr hacia la infinita pampa. Y no iba sola: mordisqueándole el rabo llevaba la mítica sonrisa de Pancho Lancaster.

De tal manera, venerado maestro, que mientras el peonaje silvestre se dejaba esquilmar con los trucos del Convulso Fajardo y su secuaz Yolando de Heriz, yo me entregué a la reconfortante costumbre de cultivar el intelecto, de nutrirlo con su generosa sabiduría.

La primera reflexión me conduce a expresarle toda mi preocupación y solidaridad sin descuentos frente a la audacia de su editor italiano. Curiosamente, sabio amigo y maestro, soy víctima de una patanada similar perpetrada por mi editor norteamericano, Mister George Bushtamante, de Bushtamante & Bushtamante Books, una miserable imprenta texana a la que un mal día decidí enviar el manuscrito del poemario titulado "Colgados de la Luz"[16], en el que, con sentidos versos, cantaba el arte de colgarse de los alambres de la red pública para robar electricidad, y que, sin siquiera consultarme por si estaba de acuerdo con el cambio de título, fue publicada como "Manual de ahorro energético en los interrogatorios militares", en su primera edición, y "La silla eléctrica de Black & Decker gasta menos que una tostadora made in Germany" en la sucesiva. Y lo que más me indigna, mesurado y tolerante maestro, es que los dos viles plagiarios de Bushtamante & Bushtamante —padre e hijo por esos detalles tan simbióticos de la basura— no sólo me han birlado los derechos de autor, sino que además me exigen el pago de los royalties correspondientes al invento de Benjamín Franklin, el sujeto que electrocutó un cometa y la llave de su despensa.

Portentoso lo que me cuenta de los indios ágrafos, de sus deslumbrantes tácticas guerreras y de sus armas, las temidas AK-Remington-X 15 portátiles negras, comparables a las no menos efectivas UZIvettis de doble cinta, que en su versión portátil fueron el arma favorita de los temibles "Escri-Ches", una etnia que no se parecía en nada a los Mapu-Ches, usted sabe, excelso amigo, Mapu= tierra y Che=gente, gente de la tierra.

Los Escri-Ches, o gente de la escribanía, eran un pueblo guerrero que solía asaltar los enclaves de los colonos llegados a estos pagos del fin del mundo, los ocu-

---

[16] "Colgados de la Luz" Poemas épicos de 40 watios. Dr. Prof. Segismundo Ramiro von Klatsch. Ediciones del Departamento de Cultura del Sindicato de Instaladores Eléctricos. Santiago de Chile. 1974.

paban entre gritos aterradores que muy pronto cambiaban a silbidos mediante los cuales interpretaban la sinfonía número cuatro de Gustav Mahler, o la muy popular (entre ellos) sexta sinfonía inconclusa de Rivera-Letelier, llamada también la abstemia por los melómanos.

Se dice que el saleroso Rivera-Letelier no escribió esta sinfonía inconclusa con ciertos allegros de ranchera, para la reina Isabel, y mucho menos que quedó inconclusa por falta de pago de parte de la soberana, sino que lo hizo justamente para los Escri-Ches, tal vez seducido por los encantos de Mademoiselle Anne Marie, dama que, en alguna velada a la que acudió el célebre compositor durante su retiro espiritual en París, le mencionó la existencia de tan singular etnia porque de algo tenían que hablar.

Lo que importa, lo de verdad relevante, venerado amigo y profesor es que, los Escri-Ches ocupaban los pueblos y avanzadas, aterrorizaban a los colonos exhibiendo sus UZIvettis de doble cinta, desplegaban mesitas y sillas de camping, y la mitad de la tribu se largaba a tipear —coincidiendo con los ágrafos en la manera monodigital—, mientras la otra mitad silbaba la cuarta sinfonía de Mahler o la sexta inconclusa de Rivera-Letelier.

Para una mejor comprensión me permito citar al Dr. Güiliam Gwendolyn Giardinelli, el único sabio que ha estudiado detenidamente a los Escri-Ches:

"Al cabo de una semana cambiaban: los que silbaban escribían y los que escribían silbaban, y luego de un mes de sucesivos cambios obligaban a los rehenes a escuchar interminables recitales de poesía o lecturas de convocatorias a premios de novelas sin ningún orden ni concierto. De esta manera consiguieron que muchos lugares se despoblaran, los croatas huían a Croacia, los galeses a Gales, los italianos regresaban a Argentina y los gallegos vaya a saber usted adónde fueron a parar. Muchos de los sobrevivientes se hicieron más tarde críticos literarios y tal vez sea ésta la única venganza justificada que conoce la historia."[17]

Los Escri-Ches se extinguieron con el advenimiento de la tecnología. La falta de cintas condenó a las temibles UZIvettis al mismo triste espacio que ocupan las lanzas en los museos, y los altivos guerreros Escri-Ches hoy son melancolía de etnólogos o gentes dedicadas a los deslices antropológicos. ¿Tuvieron los ágrafos un fin similar? Ilústreme, venerado sabio y confidente.

Pero dejemos en paz a la historia de América con sus pasmosas coincidencias, y entremos en la materia que nos une y preocupa, distinguido amigo, colega y maestro. Efectivamente, la peor época en la vida de Humberto de Las Mercedes Bogart es aquella en la que, incluso a su pesar, tuvo que suplantar a Caín Grim y acompañar el diletante arte de Abel Grim, el desvergonzado mellizo que no vaciló en emplear los servicios de un impostor. Esto ya se había dado anteriormente a

---

[17] "Los Escri-Ches; un pueblo detestable" Ensayo. Dr. Prof. Güiliam Gwendolyn Giardnelli. 1700 páginas. Ediciones del Perro Fernando Forever. Chaco. Argentina. 1971.

los sucesos de Tacuarembó ocurridos en 1927, para ser más exacto, el 19 de julio, día mundial del rímel según el almanaque Bristol de efemérides, del citado año.

Exactamente tres años antes, el 19 de julio de 1924, don Juan de Dios Wayne viudo de Silver organizó una kermesse caritativa a beneficio de sus trescientos cincuenta chanchos, a los que una imprevista tormenta había privado del confort corralero. Gentilmente arreados por el gaucho Carloto Heston, los ya célebres payadores conocidos como los Mellizos Grim llegaron a la estancia, se arrimaron al fogón fraterno de los gauchos para descongelarse, royeron unos restos de empanadas y se prepararon para deleitar a los presentes con su arte interpretativo. A la sazón, Abel Grim se acompañaba de un contrabajo sin cuerdas al que sin embargo sacaba interesantes resonancias rasgando la madera con una espuela, y Caín, el silencioso, el meditabundo, el extasiado, o el boludo, como le llamaba la feroz peonada en su ignorancia suprema, solía extasiar a las ovejas con sus conciertos de peineta y hojita de celofán.

Todo estaba previsto para que el gauchaje obtuso dedicara las mejores boñigas, las piedras con más aristas y los facones más afilados al arte interpretativo de los dos bardos itinerantes, pero, casualmente y a esa misma hora, sorprendido amigo, nuestro incomparable Caín Grim se encontraba a muchos kilómetros del lugar caritativo, en Villa Conchita, adorable balneario que alzaba su única casa de madera frente al lago helado de San Rafael, entregado a ejercicios espirituales, trascendentes meditaciones y aguda observación de los encantos de la región lumbar de Caterina Conchita Helder de Wayne, madre de don Juan de Dios Wayne viudo de Silver. A ella le dedicó años más tarde estos sentidos versos de amor incluidos en sus "Poemas Conchudos":

> *Como chancha en los embates*
> *Te mueves con tanta holgura*
> *Que te aguanto el disparate*
> *De haber parido basura.*[18]

Caterina Conchita Helder de Wayne, mujer piadosa, tomó en sus manos la educación sentimental del joven petiso, y su dedicación pedagógica culminó con un estado de debilidad extrema en el aplicado aprendiz, que sin embargo no impidió que una mañana se liberase de las cadenas que lo ataban al lecho de la institutriz, se pusiera los pantalones bombachos, anudara la chiripá, calzara las legendarias botas charoladas blancas y emprendiera el incierto rumbo de los artistas verdaderos que siempre dan la espalda al ateneo.

Antes de abandonar la casa de Villa Conchitas echó mano a un recuerdo y se llevó consigo el que sería su primer instrumento de cuerdas, un reloj cuco fabricado en la Selva Negra cuyo simpático jilguerillo cantor no alcanzó a dar la una, pues terminó estofado en el primer alto del camino que hizo el esforzado artista. Mientras esto ocurría, venerado maestro y digno heredero de Artigas, en la estancia de don Juan de Dios

---

[18] "Poemas Conchudos", de Caín Grim. Poema. Seis versos. Ediciones del Patronato de Reinserción social de jóvenes muchachas delincuentes dedicadas a la prostitución y otras actividades del ramo. Santiago de Chile. 1959.

Wayne viudo de Silver la kermesse benéfica alcanzaba su apoteosis. Abel Grim murmuraba cualquier cosa de manera ininteligible para los trescientos cincuenta chanchos y los tantos gauchos que escuchaban, raspaba el contrabajo con la espuela, y Humberto de las Mercedes Bogart trataba vanamente de obtener alguna nota de la peineta que le proporcionara Emerson Polilla para que la impostura fuera todavía mayor. La nefanda suplantación funcionó hasta que el idiota de Carloto Heston advirtió que el petiso no era el petiso que todos esperaban, y que ese detalle perjudicaba esencialmente la masacre planeada como culminación de la kermesse.

Humberto de las Mercedes Bogart huyó del lugar gracias a la oportuna presencia de esteban Macuín y su motocicleta. Abel Grim, en cambio, recibió la justa sanción de patadas con que el gauchaje malevo castiga a los impostores y nunca perdonó la ausencia de su hermano. Es posible que este hecho haya contribuido a aumentar el rencor que más tarde profesó hacia el petiso, rencor que, incluso cuando los lazos de sangre fueron más fuertes, es decir cuando en su viaje a las orientales tierras uruguayas trabajaron en la fábrica de morcillas de Concepción del Uruguay, jamás dejó de manifestarse.

El encuentro entre Caín Grim y Cachengo Braga es ciertamente emocionante en los términos en que usted, elegante prosista, describe, y me hace recordar otro encuentro similar que mantuvo nuestro venerado petiso con el fadista lusitano Manuel das Valentes Bolinhas Bermelhas, conocido internacionalmente como "o terror do fado" en los dos poblados ribereños del Baker en los que actuó durante su gira por la Patagonia. Pero éste y otros muchos temas de interés general los trataremos en nuestras futuras correspondencias, excelso y sabio amigo. Ahora y muy a mi pesar, debo entregar esta carta a Miguel Strogoff, pues se acerca un frente de mal tiempo desde la idílica Antártida, el escampavía *Comodoro Rompepalla* amenaza con zarpar obligando al cartero a nadar hasta Valparaíso, y el gordo Concertado ya ha dispuesto que cuatro hombres lo arrojen a las plácidas aguas del Golfo de Penas, tratando eso sí que no se dé de cabeza contra alguno de los icebergs que flotan dulcemente a la deriva, con el consiguiente riesgo de perder la carterita del correo.

Lo saludo con mi más alta consideración y quedo a la espera de su siempre amena e iluminadora respuesta.

Prof. Dr. Segismundo Ramiro von Klatsch

Carta Nº 12

Prof. Dr. Segismundo Ramiro von Klatsch
Tortitas, Patagonia

 Querido y temerario Profesor: hoy he sufrido. Es más, no me da vergüenza confesárselo a usted, hombre tan sensible a los efectos tardíos del dolor por lo que deduzco de sus cartas, pero esta tarde he derramado un par de lágrimas —dos, para ser exacto— al comprender cuántos destinos pueden estar implicados en una sola tragedia.
 No tiene usted por qué saberlo, pero a unos diez kilómetros de Mosquitos están las costas del "río ancho como mar" como le llamaban los indios al Río de la Plata, por los tiempos en que no había nadie que se atreviese a objetar los nombres que les endilgaban a las cosas. Pues allí, entre las rocas de las playas blancas de Atlántida, quedó varada durante dos días una gigantesca orca de seis toneladas, sin más remedio que observar a los aletargados bañistas con la boca desmesuradamente abierta, en una especie de desconcertante bostezo oceánico inconcluso.
 Al fin, seguramente fastidiado o tal vez preocupado por la expresión de pasmo del cetáceo, un vagabundo alemán integrante del círculo de amigos de Rosevél

Aldao, se acercó acompañado de "Heidegger", su perro traído desde los lejanos páramos de Bad Homburg, y comprobó que no era el asombro lo que le hacía abrir las fauces, sino un grosero trozo de madera metido entre los dientes de la última fila, tan molesto que seguramente fue la causa de que perdiese el sentido de la orientación y la llevara a derivar hasta nuestras costas.

Pues vea, usted, estimado y versado doctor von Klatsch: el día en que ocurrió el hallazgo, fue el mismo en que mi amigo Rosevél Aldao decidió caminar los diez kilómetros del sinuoso trayecto hasta las playas de Atlántida, con la idea de pasar unas merecidas vacaciones de tres días junto a ocho dicharacheros linyeras amigos, entre ellos el enigmático vagabundo alemán del que le hablaba y al que todos conocen como el "Vikingo Clip", pero cuyo nombre verdadero es Ray Gambre von Clips. No obstante el halo de misterio que lo rodea, se ha podido saber a través de las amenas tertulias que suelen generarse al atardecer entre estos muchachos alrededor de las cálidas fogatas de neumáticos del basural, que Ray Gambre fue un investigador de cierto prestigio en Berlín Este, especializado en cálculos de extensión de túneles y zurcidos invisibles del protoplasma celular.

Parecería que en su triste condición de científico desocupado al final de la guerra fría, Ray Gambre enloqueció y se dedicó a realizar reprobables experimentos genéticos en un sótano de la plaza Kate Kollwitz, donde tuvo el dudoso mérito de ser el primero en cruzar una potentísima raza de pulgas checas disidentes con un piojo ucraniano leninista, que se resistió denodada e inútilmente a la inmoral hibridación hasta el final.

El resultado de tan terrible alteración de las leyes genéticas fue, como podrá imaginar fácilmente, querido profesor, la aparición de la temible liendre ortodoxa de las estepas, una variante caprichosa del *ptirius vergonzantis*, la que luego, temeraria y negligentemente, Ray Gambre trajo hasta el Río de la Plata de polizonte aferrada con sus veintidós pares de manos a su testículo izquierdo, introduciendo en moteles, lenocinios y templos mormones de los últimos días, una plaga que hasta la aparición del Vikingo Clip se desconocía por completo.

Pues fue él precisamente, el vagabundo Ray Gambre von Clips, quien luego de inspeccionar con ojo de inspector de hacienda el enigmático pedazo de madera, advirtió inteligentemente que se trataba de una pata de palo humana carcomida por los dientes de la gigantesca orcinus orca, elemento extraño que no pudo tragar y que le quedó de punta como un poste entre las fauces, impidiéndole cerrar esa bíblica boca que alguna vez ofició de garage al legendario Jonás.

Y no sólo eso dedujo el perspicaz germano. También comprobó que la pata había sido labrada por un artesano patagón influido con seguridad por los talladores normandos del siglo XVI y que además, a modo de gentileza del artista, tenía prolijamente dibujadas en relieve en la parte superior, las iniciales fileteadas del infausto propietario: "M.S.".

Cuatro de los compinches de Rosevél Aldao, el Turco Mohamed Lal-Mohada Burel —víctima constante de la policía, a causa de su hábito de dormir hasta muy tarde detrás de la puerta del despacho del gerente del Banco Comercial de Mosquitos, o de roncar sentado entre las señoras de la sala de espera del doctor De la Concha, el ginecólogo que atiende el último martes de cada mes en este pueblo—, el barbudo Dolores de Alcides, Julius Torterolo, conocido como el Barón de Paso de los Toros por la distinción con que lleva su remendada chaqueta negra de casimir, y Tortelio Braga Rosa, el único linyera *gay* de este heterogéneo grupo, pasaron toda la tarde largando hipótesis acerca de cuál de los piratas de la costa atlántica habría sido el propietario de aquella bellísima prótesis de madera. Hasta que el mismo Rosevél, con los ojos anegados en lágrimas e hipando de consternación, se las quitó furioso de las manos y dijo que aquello pertenecía a un amigo lejano y legendario llamado Miguel Strogoff, quien seguramente la había perdido en una de sus osadas travesías en el golfo de Penas para que la correspondencia llegase hasta mí en tiempo y forma.

Vea usted, doctor von Klatsch, que al reponerse de su dolor, en un gesto de lealtad y admiración encomiable, Rosevél Aldao restauró con sus propias manos la maltrecha pata, realizó complejos y discretos injertos con palo de rosa en aquellos sitios donde los dientes de la orca habían sido más crueles y, luego de dejarla como nueva, inició una colorida campaña regional para erigir la sufrida prótesis en reliquia venerada, con la intención última de convertirla en el símbolo distintivo de la Unión Postal Universal.

Sin embargo, tan hermosa cruzada se frustró frente a la torpe y rencorosa oposición del gordo Provisorio, quien antes que se produjese la tragedia que todos conocen en el pueblo, acusó a Rosevél Aldao en el noticiario de las veintiuna en CW43 Emisora Mosquitos, de ser un trasnochado "derechista humano" y un usurpador de funciones a quien los poderes públicos debían castigar con severidad.

Fue entonces cuando sobrevino el trágico suceso. Jamás iba a imaginar el turbio y detestable batracio, que a la salida de la emisora lo estaban esperando con aspecto trémulo y amenazante, todos los amigos de Rosevél Aldao. Créame usted, distinguido doctor y profesor, que lejos de amedrentarse ante aquel ridículo arsenal de botellas rotas aferradas por el pico, motosierras herrumbradas de dos tiempos, agujas colchoneras y sopletes de soldador, el gordo Provisorio montó en cólera y, entre gritos destemplados propios de un tenor abucheado, se negó rotundamente al mesurado intercambio de ideas por encima de rencores personales propuesto por los muchachos insalubres del basural. Como era de esperar, actitud tan inoportuna no hizo más que irritar a "Heidegger", el perro de Ray Gambre von Clips, un feroz y astuto Budweisser que borracho de odio y extraviados ojos de lúpulo, saltó con sus colmillos desnudos con la intención evidente de morder el terrible cerebro del batracio fascista del Correo Central.

Desafortunadamente, el pobre animal ignoraba —no tenía cómo saberlo— que ese cerdo hitlerista en realidad carece de masa encefálica y que en cambio posee un extraño entramado celular venenoso, decididamente letal para los mamíferos domésticos.

De modo que Vikingo Clip perdió para siempre aquella preciada mascota traída de los lejanos páramos de Bad Homburg, pues el infortunado "Heidegger", tras morder el tenebroso cerebro del gordo Provisorio, terminó muriendo en pocas horas a causa de los pensamientos reaccionarios que le envenenaron el sistema digestivo, sin que nadie pudiera hacer nada para salvarlo.

No obstante, déjeme contarle profesor, ni la muerte de "Heidegger", ni la oposición del detestable jefe del Correo que aún se pasea por el pueblo con la cabeza vendada como una momia boliviana, impidieron que los camaradas sin horario de Rosevél, entre ellos el Turco Mohamed Lal-Mohada Burel, Tortelio Braga Rosa, el mismo Ray Gambre von Clips y el barbudo Dolores de Alcides, le rindieran tributo a la maravillosa pata de palo de Miguel Strogoff.

Es más, honorable doctor von Klatsch: la desgracia pareció redoblarles la rebeldía y espontáneamente una multitud de holgazanes circunspectos se volcó a la avenida Fabini, para pasear el despojo de madera hasta la salida del pueblo, sitio donde la procesión se detuvo para escuchar las palabras de homenaje que Rosevél Aldao vertió al viento del verano.

Debo reconocer, querido profesor, que me quedé francamente admirado al escuchar las reflexiones certeras de Rosevél, acerca de todo lo que se pierde en esta vida cuando se extravía una pata de palo y todo lo que gana la existencia de un hombre, cuando encuentra una prótesis de esta naturaleza. En particular aquel que, como Miguel Strogoff, es rengo por partida doble.

"Nosotros, el pueblo de Mosquitos y la Unión Postal Universal", dijo Rosevél Aldao, "le rendimos honores, le tributamos este sentido homenaje a Miguel Strogoff, pero no nos quedaremos sólo en este significativo gesto. También le devolveremos a nuestro hermano de la Patagonia rebelde, contra viento y marea, este sagrado y tradicional apéndice de la renguera existencial, para que continúe en la senda que, según me ha contado el profesor Orson Castellanos, se trazó el día en que se propuso al igual que yo, mediar en los intercambios científicos con el célebre investigador Segismundo Ramiro von Klatsch, quien en este preciso instante trabaja en beneficio de la humanidad en los remotos parajes de Tortitas, Patagonia".

Y tras agradecer los calurosos aplausos de aquella masa de fragantes vagabundos de los más diversos orígenes, los amigos de Rosevél descubrieron una hermosa placa de bronce en la que puede leerse en grandes caracteres cirílicos el nombre de Miguel Strogoff, y una inscripción dispuesta en semicírculo en torno a una artística pata de palo similar al as de bastos flotando sobre el orbe, y que el orfebre remató al pie con el conocido verso de Antonio Machado: "*Caminante no hay camino, se hace camino al andar*".

Luego, para preservar la intimidad de la ceremonia final, la multitud dejó que Rosevél Aldao y sus amigos, hicieran solos los diez kilómetros del camino de retorno a las playas de Atlántida cargando la pata de madera labrada, pero en esta oportunidad reposando sobre un fondo de terciopelo rojo, en un estuche construido primorosamente con un cajón de frutas y una tapa de baúl rescatada del basural para protegerla del inclemente sol de enero.

Un detalle significativo para no olvidar, entrañable profesor, es que luego de buscar infructuosamente entre los vecinos del pueblo un pabellón chileno para cubrir esa especie de féretro de la amistad, el barbudo

Dolores de Alcides insistió en que si se pretendía dotar de jerarquía internacional al homenaje, bandera no debía faltar bajo ninguna excusa. Y al fin, en un gesto no exento de cierta ternura, el cajón marchó en dirección al mar sobre los hombros de los linyeras, cubierto con el pabellón rojo y negro del Avehué Fútbol Club, el glorioso equipo de Mosquitos, tres veces campeón de la Liga de Remolacheros de Montes, Migues y El Tala, fundado en 1955 por el gremio de los trabajadores anarquistas de Aves y Huevos del Uruguay.

¡Ingeniosos modos tiene el corazón del hombre para encontrar soluciones pacíficas a las batallas del alma, mi admirado profesor de las soledades heladas del sur! Dos años de investigación hubiera dado yo para que usted presenciara la multitud que se agolpó en las blancas arenas de Atlántida, para despedir el cajón envuelto en la bandera del invicto Avehué, antes de emprender el viaje hacia los inhóspitos parajes que recorre a nado día a día su querido amigo Miguel Strogoff.

Imagino que usted se preguntará con justicia, de qué manera se lo harán llegar hasta ahí. Pues muy simple, profesor von Klatsch: entre todos empujaron a la inmensa orca de seis toneladas unas diez cuadras mar adentro, no sin antes atar una cuerda de yute de treinta metros de largo a una de sus muelas.

Como usted ya estará imaginando mientras lee esta carta, notable doctor, al otro extremo de la cuerda los muchachos anudaron el cajón de frutas conteniendo la preciada extensión de Miguel Strogoff y sobre él dispusieron un mástil donde la bandera del Avehué F.C. ondeando al viento del Río de la Plata, se perdió de vista en el horizonte detrás de la orca.

De pie sobre las níveas arenas de la orilla, haciendo adioses con sus mugrientos pañuelos y tarareando una de las últimas composiciones de "Los niños cantores de Viena" (dicen que el más pequeño de ellos acaba de cumplir los ochenta y cuatro años), los muchachos insalubres permanecieron durante largo rato con la mirada más allá de los confines del mar, albergando la lógica esperanza de que el cetáceo regrese a casa por donde vino y vuelva a encontrar un día en su camino al heroico cartero de Correos de Chile.

¿Será que Miguel podrá ahora volver a calzar la pata donde corresponde y despojarse así de esos humillantes y ridículos adminículos que le han colocado para trasladarse de un lugar a otro?

Sólo usted y nadie más que usted, melifluo y bakeriano profesor von Klatsch, nos podrá develar esta incógnita algún día y convencernos de que los muchachos no trabajaron en vano por la integridad física de ese hombre tan preciado.

Es más, a modo de guiño entre colegas, Rosevél Aldao piensa que de volver la pata de caoba a ocupar su sitio en el cuerpo de Miguel Strogoff, éste vivirá una agradable sorpresa en la próxima primavera, pues no es nada difícil que los injertos de palo de rosa que realizó, prosperen y le regalen tres o cuatro bellísimas rosas amarillas a la altura de la rodilla. En una palabra, todos esperamos que al mejor estilo del legendario pirata holandés Leander van Rijht en la isla de Curazao, el querido cartero de los hielos del sur pueda pasearse y presumir por las calles de Tortitas, con su hermosa pata de palo florecida.

Pero ya abandono estos aspectos entre sensibleros

y casi cursis de la vida diaria de Mosquitos, para pasar al tema que siempre nos convoca con tal entusiasmo, que al mismísimo Darwin se le caerían los calzoncillos de envidia: el de los Mellizos Grim.

Y aquí déjeme mostrarle mi asombro, querido y benemérito profesor, pues tan errática es a veces la suerte, el azar o el destino (me pregunto a veces si no serán la misma entidad), que en oportunidades nos acerca mágicamente a muchas cosas que creíamos lejos e inalcanzables. En efecto, jamás hubiera pensado que gracias a esa infeliz ballena varada en la playa, iba yo ha conocer a los pintorescos y mugrientos amigos de Rosevél Aldao. Y menos aún que haría buenas migas con ese hombre de andar equívoco y muñeca quebrada que es Tortelio Braga Rosa, insospechado único nieto de Cachengo Braga, aquel payador que más que acompañar durante la temporada artística del año 1928 a Caín Grim, influyó en él a tal punto que por momentos lo convirtió en un cantante de boleros llorones y azucarados, que no condecían en nada con aquellas letras rudas, viriles y seductoras del extraviado petiso.

Sin embargo, aun así, con su lamentable música bastarda y casi afeminada, aquel desdichado dúo integrado por el impostor Braga y Caín Grim, en un deprimente y gris fin de semana de lluvia, llegó a deleitar al mismísimo Carlitos Gardel, el glorioso Mago nacido en Tacuarembó a pesar de las mariconadas de los franceses que todavía afirman que el zorzal criollo nació en Toulouse, vaya usted a saber por qué.

Por lo que pude saber, durante los tres últimos días de junio de 1928, el Mago permaneció en Mosquitos aquejado de un resfrío tan fuerte, que cada estornudo lo despeinaba con tal violencia que se sumió en una insondable depresión, de la que milagrosamente pudo salir cuando escuchó embelesado hasta la madrugada del domingo, al terrible dúo de payadores en el bar Euzkalduna recién fundado.

"Yo le contaré esa historia de mi abuelo", me dijo el bichicome Tortelio Braga, con la misteriosa seducción de una mariposa nocturna tentada con la miel, "si usted acepta venir a cenar con velas y mantel de arpillera bordada, al caño maestro de Rosevél una noche de estas".

De más está confesarle que si bien me sonó a trampa diabólica propia de un gay veterano de Vietnam, pasé por alto lo escabroso de su tono y con mi más severa voz de bajo (que usted podrá ubicar entre los registros del Polaco Goyeneche y de Alfredo Zitarrosa), le advertí a Tortelio Braga que en beneficio de la investigación que estábamos realizando con el prestigioso profesor von Klatsch, aceptaba la invitación siempre y cuando estuviese presente el mismísimo Rosevél Aldao, quien sí goza de mi absoluta confianza en su probidad viril.

Enfurruñado y de mal modo, Tortelio Braga lo pensó un poco y al fin dijo que aceptaba la tertulia, pero que debía consultar su nutrida agenda, ya que estaba muy ocupado en recorrer algunos basurales de los pueblos vecinos buscando artículos para niños, puesto que se avecina la temporada de nacimientos y él se considera uno de los mejores restauradores de cochecitos de bebé en cien kilómetros a la redonda, en particular los antiguos, de hierro forjado y con mosquitero incorporado.

Como intuía que la etapa vivida junto a Cachengo Braga, había sido una inflexión importante en la existencia de los Mellizos Grim, esperé durante veinte días con secreta e indisimulada ansiedad a la fecha del encuentro que marcaría el caprichoso Tortelio. Al mismo tiempo, debo aceptar que si bien me caracterizo por ser un hombre tranquilo y afable, en esta ocasión no hago otra cosa que contener civilizadamente mi irrefrenable deseo de mandar a Tortelio Braga a la mismísima mierda, pues en dos oportunidades, estando yo tomando mate al atardecer en el porche, pasó frente a mi casa empujando un desvencijado carrito de ruedas descentradas repleto de sonajeros, muñecas que hablan y autitos de hojalata, sin que se dignase mirarme o detenerse para informarme acerca del día y la hora en que será posible reunirnos para intercambiar ideas.

Lo que más me irrita, insigne profesor, es a qué extremos son capaces de llegar los hombres cuando son llevados por el despecho primitivo, sin que les importe un rábano si están impidiendo o no con sus cuestionables conductas dilatorias, la irreversible evolución de la ciencia. En este caso de la antropología de la música, que es lo que a usted y a mí nos desvela a un costo espiritual que nadie imaginaría por estos lares.

De todos modos, mi paciencia se convertirá en oro y esperaré lo que sea necesario por este enfurecido amanerado del corazón, que no logrará bajo ninguna estratagema o escarceo de dudoso gusto, doblegarme.

Mientras tanto, después que le envíe esta carta (lamentablemente sin mayor información, por lo que habrá apreciado si no fuera por la conmovedora historia de la ballena y la pata de palo que la devolvió a la vida), me dejaré ir hasta la biblioteca municipal apenas baje este sol de huevo frito que paraliza el pueblo, para consultar un extraño volumen encontrado en el estante de más abajo por la bibliotecaria Pelusa Yánez Pinzón, quien me ha comentado ayer que se titula "Bolero, chamamé y democracia en los años locos", pero del que no recuerda el nombre de su autor. A juzgar por el año de edición, 1949, sospecho que se trata de las memorias extraviadas en la carpa de Los demonios de Siberia durante el ventarrón de 1932, de Rosita Hepaminondas, la bella *ecuyére* que se paraba sobre los hombros de Abel Grim mientras éste guitarreaba ensimismado sobre un caballo al galope, a esa altura de la edición con seguridad merecidamente jubilada y acogida a la Ley de Protección de Actores Secundarios del Uruguay. Ya lo tendré, oportunamente, al tanto del auspicioso hallazgo, estoico profesor y doctor von Klatsch.

Mientras tanto, reciba usted mi increíble afecto y mi solicitud formal de paciencia frente a los acontecimientos que, sin remedio, debo también yo esperar conteniendo la natural irritación que me embarga.

Prof. Orson C. Castellanos

Carta N° 13

Prof. Dr. Orson C. Castellanos
Mosquitos, Uruguay

Venerado maestro: yo también he llorado como una Magdalena austral al conocer de la nobleza de su pupilo Rosevél Aldao, y de su indestructible amistad con el diligente Miguel Strogoff, mártir a retazos de la causa postal americana. Como recordará, benévolo e ilustre amigo, en mi última misiva le narro el instante justo en que la gauchada feroz y este compungido corazón veían al esforzado funcionario de Correos de Chile nadar raudo hacia el escampavías *Comodoro Rompepalla*, cuyo capitán, un atrabiliario sujeto que obedece al nombre de Buenos Días Eterovic, amenazaba con obligarlo a nadar hasta Valparaíso si no se apresuraba en abordar la nave.

Buenos Días Eterovic es hijo de un extraño croata que llegó a estas tierras australes para realizar el primer tendido ferroviario que uniría Tortitas con Lousiana, un capricho pergeñado por el senil intelecto de don Juan de Dios Wayne Viudo de Silver, que en las postrimerías de su ancianidad se enamoró de la fotografía de una cantante de blues descubierta en un almanaque de productos veterinarios. Este amor, noble sentimiento que dignifica la memoria del anciano estanciero, viene a confirmar la unidad de destinos continentales, o mejor dicho, el enredo de hechos y acontecimientos que hace de nuestra historia una suerte de galimatías laberíntico en el que el truco de Teseo, de marcar el camino con un ovillo de lana no serviría de nada, pues lo más probable es que el minotauro lo usara para tejer un poncho o unos coquetos escarpines de lasito. Supongo que su perspicacia proverbial lo estará haciendo sonreír, dilecto amigo, porque la cantante de la "Little Big Blues Band of Lousianna" no era otra que Rosita Hepaminondas, la liliputiense —no olvidemos que en una época ejerció de meretriz con el nombre de Lili—, diva paraguaya que llegó a las riberas del Misisipi en la maleta de Humberto de Las Mercedes Bogart, muy abrigada y cómoda entre un par de pantalones bombachos del enigmático gaucho, y los manuscritos y partituras que le afanaron al tan fértil como desdichado Caín Grim antes de su fuga. Entre tales piezas del bell canto cabe destacar el "chamamé del ego", notable rapsodia en la que describe la fascinación que le produjo su primer yo-yo, y la "guaracha de las ausencias", *canzonetta* dedicada a los inútiles intentos del turco Panchito Feres por conseguir que le pagaran los calzoncillos de franela sanforizada y otras prendas invernales que le adeudaban los irresponsables de por acá.

Fue tan grande la pasión que don Juan de Dios Wayne viudo de Silver profesó hacia la fotografía de Rosita Hepaminondas, que la hizo enmarcar en piel de víbora y dispuso la construcción de un ferrocarril que uniera dos grandes ríos de América, el sereno Baker y el irascible Misisipi. Así, enceguecido de amor y furia ferroviaria, contrató al croata Doverdán Eterovic, emprendedor pionero que abandonó la construcción de un ferrocarril en Kabul y llegó a estas tierras australes en las que apenas se conocía el hilo negro a construir un portento ferroviario que jamás llegó a realizarse, porque mientras viajaba desde Port Said a Valparaíso don Juan de Dios Wayne viudo de Silver olvidó a Rosita Hepaminondas y sus efluvios de "Folie du chèvre", entregándose en cambio a la adoración de Jacobeo Lemmon, un artista que disfrutaba de la total abominación del gauchaje obtuso, que nunca le dejó terminar el número de travestismo en las funciones del circo Las Águilas Humanas. Llegó incluso a proponerle sagradas nupcias, a nombrarle la dote consistente en una palangana nueva para lavarse las patas y estropajos del mejor esparto, y cuando el acongojado Jacobeo Lemmon le confesó que en realidad no era mujer sino un gaucho de San Esteban Acoquinado, el romántico estanciero le replicó que nadie era perfecto.

De tal manera que Doverdán Eterovic se quedó sin empleo y por lo tanto se dedicó a tener hijos con las dueñas de las pulperías en las que desgranaba su desgracia. El primogénito fue Buenos Días, aunque para ser precisos debemos reconocer que deseaba llamarlo con su mismo nombre, pero cuando fue a inscribirlo en el registro civil se encontró con que el funcionario no era otro que Emerson Polilla, castellanizante sujeto que tradujo literalmente el Doverdán y el vástago quedó registrado con el simpático nombre de Buenos Días Eterovic.

Buenos Días Eterovic creció en las infinitas soledades del fin del mundo, y su primer oficio lo tuvo en el circo Las Águilas Humanas. Se presentaba vestido de explorador inglés, sobre la cabeza un salacoff fabricado por Abel Grim con una carcasa de quirquincho y en compañía de un gato al que obligaba a leer novelas de Georges Simenon, sin considerar el deterioro óptico que esto significaba para el felino, ni que el gauchaje primario sólo acudía al circo para ver si de una vez por todas alguno de los trapecistas reventaba contra el suelo. De aquel mar de incomprensiones pasó al mar de Wedel y en un par de años fue nombrado capitán del escampavías que nos conecta con el ancho mundo.

Basta de memoria histórica, benemérito guardián de las letras orientales. Como indicaba al confesar mi lacrimosa emoción, estábamos todos admirando el talento natatorio y la diligencia funcionaria de Miguel Strogoff, que evitaba los témpanos flotantes, la maliciosa desidia de las focas, la vil voracidad de los elefantes marinos y la flema de los pingüinos, con la carterita del correo entre los dientes, imparable, imperturbable rumbo a su noble destino, cuando de pronto los gritos de ¡la horca, la horca! proferidos por Emerson Polilla desviaron la atención del peonaje festivo, que de inmediato se entregó frenéticamente a talar árboles en la ribera del apacible Baker, y a levantar un patíbulo al que fue conducido no sin incomprensible resistencia de su parte, el Gordo Concertado.

Yo también vi al cetáceo, admirado profesor, y cuando conseguí que la peonada feroz, en primer lugar, y Emerson Polilla en segundo, aceptaran mis pedagógicos argumentos indicando que "orca" se escribe sin hache, ya la tragedia se había consumado. Noé Azpegoitía, nuestro sobrio fabricante de ataúdes sollozaba a mi lado.

"Ojalá que no le haya arrancado la pata de palo estilo Luis XIV, es una pieza única, irrepetible" —repetía una y otra vez el compungido artesano.

Al descolgar al gordo Concertado advertimos en él una cierta mirada de rencor, y preguntándonos los motivos que lo llevaban a tan inmerecido sentimiento regresamos a la pulpería. Todos estábamos conmovidos con la reciente desgracia de Miguel Strogoff, pero confiábamos en la proverbial entereza y en la nietzscheana voluntad del funcionario postal.

Extrañamente, Emerson Polilla ofreció una ronda de mate a cambio de que le sirviéramos de público para el concierto de gaita que a continuación tuvimos que escuchar sin posibilidad de fuga, pues el hábil asturiano se preocupó de encerrarnos bajo llave. Así profesor, mientras en Tortitas, frente a los paradisíacos arrecifes del Golfo de Penas, junto al cristalino Baker que pasaba arrastrando bloques de los primeros deshielos, tenía lugar esta escena de apacible vida criolla, el destino impulsaba al cetáceo hacia las celestes aguas del Uruguay, para que su pupilo Rosevél Aldao y los ilustres contertulios de su círculo de amigos pudieran rendir homenaje al hombre que, dejando pedazos de su existencia, une a dos sabios entregados a rescatar la memoria de los Mellizos Grim.

Cuarenta y cinco días pasaron hasta que, providencialmente, y esto lo subrayo puesto que mis mecenas de la cooperativa de apicultores del Baker, una vez más habían olvidado mandar mi provisión de miel y alfalfa, con la consiguiente incomprensión de Emerson Polilla, sujeto materialista, ajeno a los espirituales valores que gobiernan mi afán, que no vaciló en suspender el trozo de cordero de mis cuatro comidas diarias y los pellejos del mismo animal lanudo sobre los que reposo mi fatigada humanidad, como digo, hasta que providencialmente los gritos *the postman, the postman!* chillados por el gordo Concertado arrastraron al peonaje mordaz hasta la apacible playita de guijarros y yo pude meter mano en la olla del puchero.

El único testigo de este pequeño latrocinio del que me siento libre de aflicción, fue el Convulso Fajardo. Con este digno representante del *Homo Patagonicus* mantengo una suerte de complicidad silente, algo así como una justa *omerta*, dado a que lo vi cosiendo etiquetas de Lacoste a las chiripás de piel de guanaco que vende entre el gauchaje snob. Intentó justificarse argumentando que las etiquetas eran genuinas, y me mostró con orgullo otras de Nike con que adorna las boleadoras, o de Ray-Ban para las anteojeras de las mulas. El Convulso Fajardo se ha asociado ahora con el Choro de Las Pampas y juntos perpetran la trata de blancas en las estancias y pulperías. Venden juegos de dominó confeccionados con huesos de ballena, a cuyas fichas, a la segunda partida bien manoseada se les borran los puntos y quedan blancas.

No puedo negar que, pese a su rudeza, me son simpáticos, sobre todo cuando se dejan caer a la hora de la comida y se anuncian recitando unos inolvidables versos del petiso Caín Grim:

> *Pido mostaza señores aunque no soy convidao*
> *porque en mis pagos un hamburguer no es pa*
> *quedarse parao.*

> *Voy a comer mi hamburguesa y la bajaré con fanta*
> *porque el ketchup por ser grueso se me pega en la garganta*[19].

Qué joya de la poesía gauchesca, dilecto amigo y consejero. Como decía, tras reponer fuerzas con media pierna de cordero involuntariamente donada por Emerson Polilla, junto al Convulso Fajardo bajamos también hasta la playita de guijarros cuyos filos resplandecían con el sol del incipiente ocaso. El escampavías *Comodoro Rompepalla* había hechado anclas en el horizonte cercano, y a una orden del capitán Buenos Días Eterovic los tripulantes arrojaron al agua al héroe de las comunicaciones. La sabia naturaleza había alejado los témpanos de hielo, esos mismos que Emerson Polilla insiste en llamar "izeber" con medrepatricia porfía, las focas, elefantes marinos y morsas se entregaban a empeños amatorios ineludibles en mamíferos tan aburridos, y en medio de aquel panorama, por así decirlo, original, Miguel Strogoff nadaba algo escorado a babor, carente la prótesis natatoria estilo Luis XVI por los motivos que todos conocemos. Era épico verlo y sólo el petiso Caín Grim faltaba entre nosotros para cantar la hazaña del héroe postal.

La carterita verde del correo fija entre los dientes, los avisos fluorescentes de "Cerveza Austral", "La vida es dulce, cooperativa de apicultores del Baker", y "Pul-

---

[19] "Un gaucho en Kansas" Romance épico. Caín Grim. Ediciones del Centro de Limitación de los Derechos Civiles "George *WWW.Bush.com*". San Antonio, Texas. 1995.

pería Polilla, guísase de comer", que adornan su uniforme azul desde que sus llegadas y salidas se transformaron en un espectáculo singular, brillaban con la alegría de las bienvenidas. Era glorioso verlo con la única aleta natatoria firmemente adherida a su prótesis estilo Luis XIV dando enérgicas paletadas al agua, en un todo épico, postal y atlético que inflaría de filial orgullo el noble pecho de su pupilo Rosevél Aldao.

Tamaño esfuerzo fue apenas interrumpido por el brutal asedio de dos hambrientas morsas que, mamíferos miopes a fin de cuentas, lo confundían con un descomunal y no por ello menos sabroso arenque.

Pero Miguel Strogoff antepuso una vez más el estricto sentido del deber que caracteriza a Correos de Chile y alcanzó la playita de guijarros para consternación de los burlescos castores del Baker que se aprestaban a hacerlo objeto de sus dentudas e incisivas mofas, y felicidad de los que, como este humilde servidor, esperaban la ansiada correspondencia.

Cuando tres horas más tarde recuperó el conocimiento en el barril que tan gentilmente dispone Emerson Polilla para que se descongele y estile sin mojar el suelo de la pulpería, lo primero que hizo fue mirar el muñón que antecedía al espacio vacío que antes ocupaba su mano derecha, a esas horas con seguridad digerida por la morsa infame que se la arrebató, y luego un gesto de resignada heroicidad que arrancó lágrimas entre los presentes, en especial al gaucho Yolando de Heriz, que en ese preciso momento luchaba contra la terca voluntad de una liebre que se negaba a ocupar su lugar en la boina de las apariciones mágicas. Una raya más o una raya menos no le quita ferocidad al tigre, parecía decir Miguel Strogoff exhibiendo el muñón muy bien cauterizado por Emerson Polilla que, cada vez que escucha los gritos de *The postman, the postman!* chillados por el gordo Concertado, tira de inmediato el disco de acero de los asados al disco sobre las brasas del fogón.

La vida continuó su curso inexorable, sabio amigo y maestro. Yolando de Heriz tomó el facón y de un certero tajo cortó las orejas de la liebre rebelde, y tan sólo después de una fraterna discusión que terminó con el mago en las cristalinas aguas de Baker, logramos convencerlo de que la carterita verde del correo no se tocaba, y que ninguno de los presentes permitiría que la empleara en sus disciplinas de ilusionista, a no ser que pagara por ella un precio por lo demás razonable. Miguel Strogoff cayó en un profundo letargo que interpretamos como el necesario reposo del guerrero, lo dejamos tranquilo en el fondo del barril y nos entregamos al sin fin de actividades recreativas que hacen posible la dura existencia en estas tierras australes.

Emerson Polilla degollaba unos corderos, el Convulso Fajardo capaba un ternero, el gauchaje feroz y malevo se entregaba a la perniciosa costumbre de tejer a crochet al tiempo que silbaban la conformista marcha de los siete enanitos camino de la mina, y yo, mi venerado consultor, lloraba a moco tendido leyendo su carta, pues al parecer un ejemplar de la temible liendre ortodoxa de las estepas se coló entre sus primorosas esquelas de papel Kraft de 140 gramos y se instaló en mis fosas nasales.

No se imagina usted la alegría que experimentó Noé Azpegoitía cuando le informé que su primorosa pierna estilo Luis XVI había sido encontrada entre los molares de la orca varada en las playas de Atlántida, y que con seguridad la tendríamos de vuelta enriquecida con los injertos de palo de rosa. Entre hipos y pucheros de sincera felicidad, este noble carpintero de la Parca me juró que compraría la mejor tijera podadora para que, con el paso de los años, la pata florecida de Miguel Strogoff se transformara en el símbolo de nuestras exiguas primaveras australes y que, al mismo tiempo, la proliferación de rosas no fueran un obstáculo para su movilidad.

En su carta, y en la mía, eximio maestro, nos hemos alejado del tema que nos ocupa; la vida y obra de los Mellizos Grim, pero supongo que los hombres de ciencia también podemos permitirnos algunas licencias sentimentales, como tan acertadamente respondió Giordano Bruno al ser consultado si no temía ir al infierno tras ser achicharrado en Campo di Fiori.

Sin embargo de la emoción que nos embarga, me permito hacer algunas consideraciones sobre el tema que gracias a los denodados esfuerzos de Rosevél Aldao y Miguel Strogoff, nos une. Es notable la admiración libre de gominas que Carlitos Gardel profesó hacia los Mellizos Grim, especialmente hacia el petiso Caín. De la misma manera como el excepcional hijo de Tacuarembó asistía a los recitales del prestigioso Bar Euzkalduna, en la menos célebre Taberna del Guanaco solían reunirse algunos tangueros para aprender del arte interpretativo de Caín Grim, que por entonces, y le hablo del año 1947, solía explayarse en sentidas payas con su hermano Abel, que influenciaron decididamente a grandes figuras de la lírica como Los

Churumbeles de España, Juanito Valderrama, el grupo Mocedades o el famoso dúo Sepúlveda Delgado. Eran dos, profesor, no se trata de que Sepúlveda fuera delgado. Este dúo integrado por un chileno y un uruguayo popularizaron numerosos temas de Caín Grim, aunque jamás le pagaron un centavo de royalties porque ellos tampoco vieron un peso. Silvinha Fernández, la excepcional solista del grupo Spice Girls of Tortitas and Puchuncaví, única estrella que logra serenar los ánimos de la obtusa peonada que asiste a las funciones del circo Las Águilas Humanas, gracias a unas minifaldas que le cubren pudorosamente la garganta, los recuerda en un tango-calipso cuyo estribillo dice: *"y el morocho era Sepúlveda, y Delgado el oriental"*.

A este circo itinerante que alegra las soledades patagónicas se ha agregado la presencia del lusitano Manuel das Valentes Bolinhas Bermelhas, "o terror do fado", melancólico sujeto que me ha informado de ciertos aspectos desconocidos de los mellizos Grim durante su viaje a las tierras orientales. ¿Sabía usted, ilustre maestro, que Caín Grim estuvo a punto de convertirse en el hijo de su hermano? Esto, según "o terror do fado", ocurrió así: como es de público conocimiento, los Mellizos Grim iniciaron una peregrinación por las tierras de América que habría de llevarlos, según eran sus deseos y planes, hasta Yokpanhoham, en Alaska, invitados a participar en el primer festival de música étnica organizado por un colectivo de esquimales que a la larga resultó ser una manga de estafadores con domicilio en las islas Georgias del Sur. Como disponían de tiempo y eran jóvenes decidieron hacer el viaje por tierra, aprovechando el contacto con otros pueblos y costumbres para ampliar su repertorio. En algún lugar del estado de Minas que "o terror do fado" se resiste a recordar si no media una recompensa que me resulta escandalosa, fueron huéspedes de la bellísima doncella guaraní Kohemé Nené Lizarraga-Kaltwasser-Dupont, y de su madre Mamaré. La doncella llevaba esos tres apellidos porque Mamaré, su madre, no recordaba si el vasco, el alemán o el francés era el padre de la muchacha. Naturalmente que Kohemé Nené Lizarraga-Kaltwasser-Dupont se enamoró locamente del petiso Caín Grim. Mamaré, su madre, que tenía otra hija llamada Yopatí Nené Lizarraga-Kaltwasser-Dupont-das Valentes Bolinhas Bermelhas por el mismo problema de memoria, decidió a su vez amar intensamente al flaco Abel Grim, pero, para consumar la unión conyugal que habría hecho de los Mellizos Grim latifundistas propietarios de doscientos mil acres en El Pantanal, además de una cantidad incierta de yacarés, debían pasar por un rito bastante peculiar que la convertía en madre del marido de su hija, y a él en padre de la hija de su mujer y del marido de ésta, es decir de su propio hermano.

Abel Grim, el deleznable flaco tendiente a la pertinaz impostura, consideró que ese nuevo lazo de parentesco que pensaba ejercer con envidiable autoritarismo paterno le permitiría apropiarse del talento de Caín sin derecho a pataleo. Pero, y por fortuna para los que amamos el legado imperecedero del petiso, éste consideró que ser hijo de una madre con tantos problemas de memoria podría acarrearle algún desprestigio incompatible con su futuro de artista, de tal manera que hurtó una piragua y en una noche de luna llena salió del estado de Minas, al que no regresaría hasta años más tarde y en compañía del bardo Cachengo Braga, que fraternalmente lo presentaba como el "Farinelli de la Patagonia".

La doncella Kohemé Nené Lizarraga-Kaltwasser-Dupont lloró durante largas noches el abandono, se entregó a los suspiros y a los nueve meses tuvo una hija a la que llamó Amamé Nené Delambert-Cacucci-Vázquez Rial-Grim, lo que evidencia que entre aquellas guaraníes la amnesia era un mal endémico.

¿Qué sabe usted de este pasaje en la vida de los mellizos Grim, estimado y siempre valorado amigo?

Lamento sinceramente el deceso del can "Heidegger" y le ruego trasmitir mis condolencias a Ray Gambre von Clips y, si esto le sirve de consuelo, cuéntele que a una perrita que he adoptado luego de salvarla de las intenciones butifarreras de Emerson Polilla, un animalito fruto del cruce entre una chihuahua y un gran danés, que dio como resultado una coqueta cachorrita de fálico aspecto cuyo lomo no supera la altura de mis canillas pero dotada de una gran cabeza calva, la llamaré "Heidigger" en homenaje a su inolvidable "Heidegger".

El inexorable y cruel tiempo se acaba, sabio amigo y maestro, debo concluir esta carta porque el capitán Buenos Días Eterovic hace sonar la sirena del escampavía *Comodoro Rompepalla*. El Convulso Fajardo, Emerson Polilla, Yolando de Heriz y otros indolentes se apresuran a fijar un gancho carnicero en el muñón del brazo derecho de Miguel Strogoff, y yo prefiero no ser testigo de la despedida de este querido héroe de las comunicaciones. Partir es morir un poco, egregio profesor.

Quedo a la espera de su siempre iluminadora respuesta y lo saludo con mi mayor consideración.

Prof. Dr. Segismundo Ramiro von Klatsch

Carta Nº 14

Prof. Dr. Segismundo Ramiro von Klatsch
Tortitas, Patagonia

Ilustrísimo y siempre recordado profesor: He recibido con extremada prontitud su última carta y eso me provoca un legítimo orgullo, pues al disfrutar gratuitamente de las bondades de nuestro correo, deduzco con cierto desdén que nada tenemos que envidiarle a la presunta eficacia de la Wells-Fargo o de alguna de esas empresillas postales de la América del Norte, con más frívola notoriedad que calidad comprobada, ya que por lo pronto ni un solo sombrerudo de la Western Union ha pisado jamás Mosquitos ni creo que lo haga algún día.

Por supuesto, nuestra eficacia tiene su alto precio, profesor, pues cuanto más rápido llegan sus cartas, más precauciones debo adoptar para leerlas, pues el frío que se desprende del sobre de papel manila que usted envía es de tal intensidad, que hoy debí correr más de una cuadra para alcanzar a Rosevél Aldao y asistirlo.

Observe usted, profesor: desde mi ventana lo vi tambalear peligrosamente mientras venía hacia mi casa, hasta que al fin cayó como un poste en medio de la calle, donde hubiera permanecido durante horas si no hubiera estado yo allí para ayudarlo, pues no había una maldita alma en las calles a causa del hirviente mormazo de enero.

Rosevél Aldao permanecía quieto en el suelo, tieso como un pollo, aterido, con la barba crocante de hielo, estalactitas en los párpados, los ojos enrojecidos y las yemas de los dedos azules y unidas como si quisieran sacar caramelos de un frasco de farmacia.

Cuando logré extraerle el sobre del bolsillo, opté por dejarlo allí como estaba, tirado en el suelo bajo los rayos del sol para que el astro rey hiciera lo suyo y lo devolviera a la normalidad. El pobre Rosevél no sabe ahora cómo agradecer lo que he hecho por él, gesto al que le he quitado toda significación, pues lo que realmente me importa es entregarme a la lectura de las epopeyas que con tanto gusto y euforia usted, profesor, me cuenta.

A veces me atrevería a asegurar con bastante certeza, querido doctor von Klatsch, que nuestros gustos por la antropología de la música y la historia de los Mellizos Grim, se deben, más que a una elección consciente, a la necesidad imperiosa de dar una respuesta certera a las exigencias de nuestros recios temperamentos.

Creo que más que un período de la música de la Patagonia o de la etapa en la que tuvo notoria preeminencia el charango y el clavicordio de tres teclas en los espectáculos de la carpa de Los demonios de Siberia[20], lo que más nos interesa o nos gusta, me imagino, es introducirnos en esa particular especie de sociedad he-

---

[20] "La crisis del 29: tocar el clavicordio de tres teclas es resistir", de Misericordio de Mattos. Ediciones de la Banda Oriental, Pueblo Moirones. 1930.

roica de las tierras salvajes del sur del continente, en la que más que las composiciones musicales de Caín y Abel Grim, nos atrapan las andanzas y los puteríos de Juan de Dios Wayne viudo de Silver, o los despampanantes escándalos de Rosita Hepaminondas durante su visita al Vaticano de la mano de Benito Mussolini, luciendo ella su bonito traje escarlata de montar mellizos, o los galopes desenfrenados de Caín Grim por los caminos de tierra colorada de las Minas de Cuñapirú, montado en su yegua "Aluminio", verdadero homenaje viviente en tiempos de la crisis de 1929 a la legendaria yegua "Silver".

Incurro en estas disquisiciones, profesor emérito, porque no sé qué contarle primero. Pero empecemos por el curioso libro titulado "Bolero, chamamé y democracia en los años locos", encontrado hace un mes por Pelusa Yáñez Pinzón. Cuando la bella bibliotecaria puso en mis manos el curioso ejemplar encontrado en el estante de abajo de la Biblioteca Municipal, me bastó una ojeada superficial para entender que su autoría no era de Rosita Hepaminondas como había supuesto inicialmente.

O mejor dicho, sí es ella la protagonista del libro, pero el autor es el prestigioso investigador italiano Cach Arpaia, asesor del Príncipe Agonía de Nápoles y técnico de punta del Vaticano, donde se desempeña como implacable detector de estampitas falsas en el entorno del Santo Padre. Pues es Cach Arpaia[21], quien

---

[21] "Bolero, chamamé y democracia en los años locos", de Cach Arpaia. Traducción al castellano de Bárbara Mina. Editorial Aguanta, Milán. 1928.

cuenta allí —o mejor dicho, analiza con particular minuciosidad— las aventuras amorosas de la *ecuyére* Rosita Hepaminondas, sus esperanzas frustradas, sus altos ideales y aun sus facetas más oscuras.

Entre estas últimas, recuerdo por ejemplo las referencias de Cach Arpaia al insospechado horror al vacío de Rosita, a partir de una tarde en que Caín Grim la mantuvo durante diez minutos colgando de un tobillo en una barranca a cinco metros de altura sobre las aguas turbulentas del río Caraguatá, todo por el dolor y la desilusión que le provocó descubrir que ella y Cachengo Braga, sesteaban juntos en uno de los coloridos carretones de Los demonios de Siberia.

Ese detalle, aparentemente frívolo e intrascendente, querido profesor, tiene en realidad mucho que ver con nuestros intereses. En efecto, aquella presunta infidelidad tuvo lugar en 1928, año en que Caín Grim se empecinó en viajar dos veces por semana en tren a la ciudad de Montevideo, con el fin de asesorarse sobre algunos aspectos comerciales de la música y poder cumplir un viejo y secreto sueño que iniciaría el día en que se retirase de la vida artística: instalar en Mosquitos una moderna casa de repuestos para charangos.

Y a tal punto llegaba su obsesión por el tema, que al parecer pasaba horas imaginando las marquesinas luminosas del negocio, en donde coloridos e intermitentes carteles de neón, señalarían a miles de forasteros que allí estaba "El emporio del charango" o "El tatú musical" o el "Charange Shopping" de Mosquitos.

Aunque a decir verdad, Caín Grim nunca decidió cómo denominaría aquel proyecto que en realidad no concretó jamás, generándole una insuperable frustración que afortunadamente operó como detonante de uno de los momentos más positivos y prolíficos en la creación del mellizo, digamos, más negativo de los dos Grim.

Según cuenta Cach Arpaia en su mesurado ensayo, la dramática situación se produjo una tarde en que el mellizo Caín Grim perdió el tren y al volver de la estación se encontró con el triste cuadro de los dos traidores desnudos y enredados en el carretón, sorpresa que paralizó y enmudeció a los tres por igual hasta la medianoche, pues ni Caín Grim atinó a hacer nada adecuado, ni siquiera ir hasta el baúl de los cuchillos para elegir uno y matarlos a puñaladas como tradicionalmente suele hacerse en estos casos, ni tampoco Cachengo y Rosita pudieron levantarse del camastro, bañarse, afeitarse los dos, cenar y pedirle disculpas a Caín por semejante desprolijidad moral.

Como consecuencia de aquella dolorosa y dolorida infidelidad de Rosita Hepaminondas cediendo a los requerimientos salvajes de Cachengo Braga, los dos payadores pasaron casi tres años incurriendo en una conducta tan esquizofrénica como incomprensible.

En efecto, profesor, esto lo tengo probado: en el escenario y frente al público, los dos músicos cantaban, se reían de cualquier estupidez que decía el otro, hacían gala de un formidable sentido del humor y cuando llegaba el momento del verso y el contrapunto entre la guitarra de Cachengo Braga y el charango de Caín Grim, ambos eran capaces de emocionar uno al otro hasta las lágrimas y hasta de enardecer al gauchaje mal entretenido que llenaba la carpa de Los demonios de Siberia.

Sin embargo, cuando bajaban del escenario era otro cantar.

Cualquiera podía darse cuenta de que aquellos dos hombres ni se miraban, ni se hablaban, ni se prestaban plata. A lo sumo, era Caín Grim quien tenía la deferencia de fajarle una formidable patada en el culo a Cachengo Braga, sobre todo cuando éste se retrasaba en una caminata de seis kilómetros en la que él tenía que cargar las ollas y los instrumentos musicales, o cuando remoloneaba demasiado antes de trepar por la escalerilla que lo llevaba al escenario.

Y lo menos que podían hacer dos payadores rencorosos y mezquinos en gira artística por aquellos parajes desolados de 1928, querido profesor, era escupirse la punta de las botas uno al otro, turnarse entre ginebra y ginebra para apagar el cigarro en la rodilla del otro y, al fin, detestarse mutuamente hasta el amanecer del día siguiente.

Pues sí, aunque nos duela la verdad, lo hacían y en grande. Y hasta había oportunidades en que, si se les prestaba atención, en su contrapunto hasta entonces híbrido entre el bolero y la milonga, era posible entrever el oscuro ofuscamiento que los distanciaba sin remedio, tal como sucedió en aquel célebre encontronazo del quilombo El Paraíso y del que Cach Arpaia rescata estas dos intervenciones de los controvertidos músicos y en las que, diría yo, se visualizan claramente algunas claves de la sorda tensión entre ambos.

(Caín)
Siento que mi alma se traga
una penita muy honda,

que ese traidor no se esconda
se llama Cachengo Braga
mal bicho de piedra es su corazón
bofe pa gato maula o pal filo del facón.

(Cachengo)
En su caballo azabache y agarrado de la crin
me pide que no me esconda
el ex amigo Caín Grim.
Yo se cuál es la razón
de sus penitas tan hondas,
no la quisiera decir
pero es la Rosa Hepaminondas
que en mi rancho va a vivir…

De más está decir que apenas el falso mellizo terminó esa fatídica frase ("…que en mi rancho va a vivir…"), Caín Grim le descerrajó a Cachengo Braga un brutal charangazo en el parietal derecho, que le produjo traumatismo de conocimiento y pérdida de cráneo, desconociéndose a partir de allí la suerte artística que corriera Cachengo, si es que corrió, en los años siguientes.

Semejante reacción destemplada provocó la legítima indignación de las muchachas del quilombo, quienes de un solo botellazo bajaron al iracundo mellizo del escenario y luego, reunidas en un severo tribunal del pecado presidido por la voluptuosa Encarnación de los Fideos Pardiez, terminaron por expulsar para siempre a Caín Grim de El Paraíso.

Curiosamente, inestimable profesor, este triste acontecimiento pueblerino le sirvió a muchos renovadores de las ciencias sociales de aquellos años para confirmar el carácter cíclico de la historia, ya que de algún modo vinculaban el incidente del quilombo de Mosquitos, a la primera expulsión del Paraíso padecida por Adán y narrada como una historieta erótica en el Antiguo Testamento.

De todos modos, querido profesor, esto me parece una hipótesis insostenible, a menos que a través del Génesis se confirmase la osada teoría, ofreciendo una mínima pista, de que el mítico Adán fuese al mismo tiempo el primer Grim del universo, cosa que a esta altura dudo seriamente. De todos modos, para quedarme tranquilo y tranquilizarlo a usted, trataré de consultar al investigador Misericordio de Mattos, quien estuvo muchos años realizando un estudio[22] sobre los efectos secundarios de la manzana verde en las mujeres jóvenes rurales (sin haber encontrado nada significativo que yo sepa) y en donde tangencialmente se aproxima al tema de la expulsión de Adán del Paraíso por comportamiento cuestionable a la hora del postre.

Lo cierto fue que el contundente episodio que separó a Cachengo Braga de Caín Grim, fue lo suficientemente épico y escandaloso como para que lo recogiese la edición vespertina de *El Heraldo* de Mosquitos del 23 de setiembre de 1928.

En efecto, hurgando en el archivo del prestigioso periódico local, respetable doctor von Klatsch, me enteré de que a las puertas de El Paraíso, al furibundo pe-

---

[22] "La manzana de la discordia y otras frutas revolucionarias", Misericordio de Mattos. Ediciones del Liceo de Rivera. 1929.

tiso Grim no sólo lo esperaba ensillado su formidable yegua "Aluminio", sino también un séquito de amigotes que se vieron impedidos de presenciar el juicio presidido por la voluptuosa y, para algunos, arbitraria y pusilánime Encarnación de los Fideos Pardiez.

Afuera, abucheando al mujerío vengativo y pidiendo a gritos "justicia pa todos o pa naides", estaba Pancho Lancaster con un juego de sonrisas flamantes, Esteban Macuín en su explosiva Harley del 22 y el volatinero Garicuper Liscano, quien se haría célebre un par de meses después por el sorprendente secuestro y solicitud de rescate de la conflictiva *ecuyère* Rosita Hepaminondas.

De paso, doctor von Klatsch, le cuento que esta aventura delictiva fracasó rotundamente en razón de que nadie ofreció una sola moneda por la pizpireta Rosita y además, para su desgracia, Garicuper Liscano debió cargar con ella durante dos años de gira artística por el Brasil, sin que pudiera quitársela de encima ni siquiera para dormir la siesta. Hasta que al fin, para alivio del infausto Garicuper, ocurrió lo que usted refiere en su carta: el viaje de la infatigable Rosita Hepaminondas a los Estados Unidos, en la valija de Juan de Dios Wayne viudo de Silver.

Pero volviendo al muerto como suelen decir por estas tierras, profesor, al salir expulsado del quilombo El Paraíso, Caín Grim acogido por sus compañeros de estas candorosas expresiones artísticas marginales, volvió con mayor seriedad y dedicación al escenario de la carpa de Los demonios de Siberia, pero en aquella oportunidad como solista melancólico, payando solo y recostado en un catre, contestándose a sí mismo en una suerte de mayéutica socrática para charango lerdo, tristemente pero con recatada alegría, al punto de reforzar aquella teoría del musicólogo francés Jean Blue Aragón, especialista en la evolución de la peinilla monocorde, quien sostiene que "las bellezas simples de la música, encontradas por aquellos que destrozaron el arte, son tanto más verdaderas cuando sus ejecutores, en realidad, no buscan ser escuchados por nadie."

Pero ésta es otra etapa que merecería una especial reflexión de la que ambos disfrutaríamos mucho si le dedicáramos una mañana entera.

Ahora, antes de despedirme con el afecto incondicional que nos une, querido doctor y profesor, quisiera contarle a título anecdótico que mientras escribo, estoy viendo por la ventana de mi cuarto de trabajo que se acercan a casa Rosevél Aldao y Tortelio Braga, sin duda a comunicarme que se ha fijado fecha para la reunión tan esperada en el caño maestro, hogar de Rosevél. Pero ahora soy yo el difícil, profesor, y no sé si en realidad la reunión y su objetivo mantienen la vigencia que le adjudicábamos hace un mes. De todos modos, los recibiré como corresponde en homenaje a todo lo que han hecho por nuestra investigación.

Deseándole que los venturosos vientos del mar de Wedel lo esquiven y le preserven la gracia de pensar, lo saluda con la mayor concordia

Orson C. Castellanos

Carta Nº 15

Distinguido Prof. Dr. Orson C. Castellanos
Mosquitos, Uruguay

Siempre respetado y venerado doctor. Hace exactamente dos horas que logramos rescatar al mártir de las comunicaciones, el benemérito Miguel Strogoff, de entre las fauces de una morsa desmesurada en su apetito y en los mostachos videlescos que sobresalían de sus belfos. En defensa del animal debo señalar —nobleza obliga— que todo se debió a una desafortunada maniobra del capitán Buenos Días Eterovic, náutico oficial que, en un arrebato de misericordia, acercó el escampavías *Comodoro Rompepalla* hasta unas dos millas de la pintoresca playita de guijarros en donde la gauchada infame y este servidor se daban una vez más cita para presenciar el arribo del abnegado funcionario y la carterita verde del correo. Al parecer Buenos Días Eterovic decidió aliviar los esfuerzos y la fatiga natatoria del héroe, y ordenó que lo lanzaran a las serenas aguas del golfo de Penas sin advertir que las focas, lobos de mar y una colonia de morsas llegadas con seguridad de las Malvinas, vistos sus inequívocos buenos modales de kelpers, se daban un alegre festín con los restos de unos pocos náufragos del M. S. *Rumsfeld* que todavía flotaban con negligente calma. El barco de marras que perdió las amarras, admirado sabio oriental, era un vapor cargado de mormones y, para todos los que habitamos en estas soledades australes, fue un verdadero alivio, un bálsamo contra el frío tedio, verlos flotar, hundirse, volver a flotar, sin que las hinchazones corporales alterasen sus impecables camisitas blancas de manga corta.

La mala suerte quiso que Miguel Strogoff diera de lleno sobre los lomos de una morsa que en ese preciso momento saboreaba una biblia metodista a manera de entremés degustatorio, mientras en la playita de guijarros la feroz gauchada y este servidor escuchaban a Emerson Polilla que, con sincera pasión de ornitólogo prejuicioso, ofrecía una conferencia sobre dos extrañas aves de sus tierras asturianas; una muy viril llamada urogallo, y otra menos viril denominada urogay.

Como siempre, habíamos acudido alertados por los chillidos de "*the postman, the postman*" pronunciados por el gordo Concertado, y vimos como el cuerpo uniformado de Miguel Strogoff rebotaba en los lomos de la morsa. Nuestra primera reacción fue callar a pedradas a Emerson Polilla para no pernos ni un detalle de los esfuerzos de héroe que, con la carterita del correo entre los dientes y él mismo atravesado en el hocico abismal del monstruo fofo, agitaba su única mano, el garfio de su brazo izquierdo, y prótesis natatoria con tal presteza, que remolcó al animal hasta la playita de guijarros donde el gauchaje que jamás ha respetado las especies protegidas lo cosió a puñaladas, sin escuchar las protestas ecológicas del convulso Fajardo, Yolando de Hériz y el Choro de las Pampas, sujetos fríos más interesados en la piel del bicho que en la nalga izquierda de Miguel Strogoff, perdida ya en el esófago de la morsa.

Luego, ya en la pulpería y mientras cumplíamos con la tradición de cauterizar las llagas del deber cumplido con el disco al rojo de los asados al disco, el convulso Fajardo y Yolando de Hériz se entregaron a mal cantar rancheras de Tony Sarabia y la Banda de Moebius, ajenos al dolor del abnegado funcionario que luchaba por no caer en el reponedor desmayo tan bien ganado, y en cambio se tapaba las orejas para no escuchar las monótonas rancheras, y la boca, para impedir que el cucharón de Emerson Polilla le metiera el hirviente caldo de cordero con que este sujeto cree ser capaz de curar todos los males.

En cuanto a este humilde y no por ello menos digno servidor, debo indicar, venerado y admirado maestro de las ciencias orientales, que su largo silencio epistolar de casi tres meses me tenía, por una parte afectado del síndrome del sobaco abandonado por la barrita de Rexona y, por otra, mosqueado, ofuscado, ofendido, maltratado, víctima de cierta violencia de género inidentificable, sensación que se vio dolorosamente aumentada cuando, tras mencionar al ya citado Choro de Las Pampas mi angustiosa preocupación por su silencio, el deplorable sujeto se limitó a murmurar "cosas de viejo choto".

Puesto ya en este plan de sinceridad sin fisuras ni fístulas, debo confesarle que también mencioné mi extrañeza al Convulso Fajardo y a su secuaz, el feroz gaucho Yolando de Heriz. Ambos sujetos, tras ofrecerme una respuesta a cambio de uno de mis costales de alfalfa, me la dieron: "Líos de putitos", escupió el convulso Fajardo. "La única que tiene una respuesta para eso es Zóe", indicó Yolando de Hériz.

Si hay algo que me indigna en esta gente es ese condenado primitivismo que los conduce a ciertas manifestaciones crípticas en el lenguaje, pero como no soy hombre dado a pagar un hueso si no tiene médula, fui de inmediato hasta el corral de mulas y busqué a Zóe, la mula albina que transporta los útiles y parafernalias de predestigitador de este gaucho con pretensiones de Mandrake.

No alcancé a formular ni un tercio de mis preocupaciones y ya la endemoniada Zóe lanzaba dos coces que dieron de lleno en la calva de Emerson Polilla, desafortunado pulpero que se encontraba en el corral juntando yuyos silvestres amarillos para aderezar sus fabadas.

Emerson Polilla se quedó con un vendaje espeso que le confiere un temible aspecto de corsario malayo, y yo con mis dudas, más espesas aún, si se podía. Pero, por fortuna me llegó su anhelada misiva, respiré nuevamente en la medida de mis posibilidades, porque la atmósfera de la pulpería está llena de aires celtas, la marca de cigarrillos que Emerson Polilla fuma sin cesar, y de la humareda que provoca la incesante tostadura de boñigas de cordero, que el Convulso Fajardo, a falta de almendras, considera imprescindibles para la preparación de su afamada morsa en pepitoria.

Qué afortunado es su pupilo Rosevél Aldao, por lo que usted tan bien me detalla. La residencia de este otro héroe de las comunicaciones es una suerte de bungalow de un solo ambiente, bien aireado, como deben ser las arquitecturas tropicales. Dele mis saludos cuando le lleve esta carta, se lo ruego, recompénselo con alguno de los portentos gastronómicos con que suele hacerlo, y mientras su valiente D'Artagnan oriental mastica y deglute, cuéntele que sin embargo de la reciente pérdida de su nalga izquierda, Miguel Strogoff mantiene toda su entereza, aunque algo chueca por obvios problemas de equilibrio. Y lo más importante, dígale que esta vez la proeza de su colega chileno ha quedado inmortalizada en una fotografía, pues las artes visuales también han llegado a estas tierras australes gracias al providencial arribo del ciego Danielisnky, único sobreviviente del naufragio del *S. M. Rumsfeld*, al que las focas, lobos marinos, elefantes y morsas rechazaron por huesudo y falto de sustancia.

Es emocionante ver a este hombre, con sus gafas negras, el cintillo negro con los tres círculos de la ceguera, su bastón blanco y la cámara de cajón al hombro, cuando avanza chocando contra los centenarios alerces, coihues y otros vegetales mayores, a la caza de la imagen, como acostumbra a decir a las impávidas ovejas a las que confunde con gauchos de pura impericia olfativa.

Así, venerado amigo y maestro, superada la furia, los celos y el despecho, me entregué a desdoblar los delicados folios de papel Kraft de ciento cuarenta gramos, y leí su esperada e iluminadora carta en medio de una atmósfera campestre y criolla que una vez más hubiera hecho las delicias de don Ricardo Palma. Miguel

Strogoff metido en el barril que ya es su segundo hogar, chorreando las aguas del Mar de Wedel, Emerson Polilla tocando la gaita, Yolando de Hériz haciendo un espectáculo de magia para el ciego Danielinsky, único público que consigue desde que, inexplicablemente, en lugar de sacar una liebre de la boina de Emerson Polilla sacó un chingue de las más meones, lo que concitó la inmediata crítica del obtuso peonaje y una vez más terminó en las serenas aguas del Baker.

Íntimamente consideré que era un castigo justo, pues pocos días antes con un pase de magia hizo desaparecer mi barrilito de miel, tan gentilmente enviado por mis mecenas, la cooperativa de apicultores del Baker. Entretanto, el convulso Fajardo nos conmovía a todos mientras preparaba la morsa en pepitoria, y yo me entregaba al placer de la ilustración leyendo su carta.

Magnánimo maestro y consultor, esa voluptuosa Encarnación de los Fideos Pardiez, por las señas que usted da, parece ser la misma Alicia Santísima Martínez, una quiromántica que anduvo muy enamorada del petiso Caín Grim, al que siguió por toda la Patagonia unida a la tropa del circo Las Águilas Humanas. Junto a la carpa mayor levantaba su tienda con la mesa del tarot y la bola de cristal. Todos recuerdan el letrero que colgaba a la entrada de su tienda: "Pasá guacho, al país de las Maravillas", texto elemental y lascivo que significó la desgracia definitiva de don Genaro Kelly. Una tarde circense, el veterano estanciero entró en la tienda de la quiromántica y le dijo que le viera la bola. De inmediato, Alicia Santísima Martínez empezó una serie de pases invocatorios sobre la bola de cristal, y cuando don Genaro Kelly le aclaró que no hablaba de esa bola sino de otra, suya, porque el hombre, luego de una fatal discusión mantenida con Rosita Hepaminondas terminó monotesticular —la otra bola fue vista fugazmente en la punta del facón que esgrimía la graciosa *ecuyére*—, entonces la quiromántica reaccionó de forma desmesurada y le aplastó de una patada el subyacente resto de su virilidad. A raíz de ese incidente don Genaro Kelly vendió la estancia, quemó sus ropas de gaucho, abjuró de las pampas y aprovechó el tono de contralto recién adquirido para deleitar a las muchedumbres que una vez al año, luego de bañarse y cobrar su paga, asistían al famoso burdel de La Guanaca en Alto Palena.

Ahí, entre las soledades cordilleranas, se hizo famoso bajo el pseudónimo de La Vaca Laurencia, triunfó, recibió ramos de cueros de nutria, pellejos de chulengo y otras muestras de admiración que más tarde vendió y se pagó un pasaje a Baltimore. Allá, un oficial de emigración tradujo La Vaca Laurencia por Laurence Bacall, ya se sabe que los gringos y la ortografía no van de la mano, y así se reunió un día con el gaucho Humberto de las Mercedes Bogart, con el que convivió hasta el fin de sus días en una atmósfera de admiración y respeto mutuos, unidos por el recuerdo imperecedero de la enana fea y peluda.

Tal unión fue posible porque Rosita Hepaminondas ya había abandonado a Humberto de las Mercedes Bogart, fugándose al amparo de una oscura noche con el catedrático Güiliam Gwendolyn Giardinelli, que se encontraba casualmente en Baltimore pronunciando una conferencia sobre las "influencias de la arquitectura chaqueña en la Bauhaus"[23]. Ambos regresaron al Chaco, esta vez Rosita Hepaminondas lo hizo en la maleta del catedrático, y en Paso de los Tigres fundaron una academia de natación llamada Nadar es Resistir en homenaje a un gaucho de apellido Rosa del que creo haberle hablado. Por mis averiguaciones el negocio no funcionó, pues los únicos que se inscribieron en la escuela fueron: un surubí de trescientos kilos que terminó en la parrilla de Güiliam Gwendolyn Giardinelli, y un yacaré afeminado que insistió en registrarse bajo el nombre a todas luces ficticio de Ester Güiliams, petición que el catedrático, por un asunto de rigor institucional, rechazó tajantemente.

Alicia Santísima Martínez alcanzó al petiso Caín Grim justo cuando éste empezaba su éxodo hacia las tierras orientales. Cargaba los bombos, charango, ponchos de vicuña, tres pares de sus legendarias botas charoladas blancas más un sinfín de otros enseres atados a los flancos. Sobre los hombros cargaba a su hermano Abel Grim, y a pesar del peso conseguía mantener un trotecito elegante y ágil que conmovió de inmediato a la quiromántica, e hizo que ésta no vacilara en su determinación de entregar su corazón al jinete.

Sería estupendo que la bibliotecaria Pelusa Yánez Pinzón buscara en la hemeroteca de Mosquitos alguna publicación al respecto, y tal vez usted mismo podría visitar la biblioteca de su pupilo Rosavél Aldao, pues

---

[23] "Influencia de la arquitectura chaqueña en la Bauhaus" Prof. Dr. Güiliam Gwendolyn Giardinelli. Ediciones de la Fundación de Altos Estudios Modesto Quesós, Resistencia. Argentina.

como sabemos, Caín Grim dejó un texto que alude a la tragedia de don Genaro Kelly, que los ignorantes de siempre insisten en atribuir a Lewis Carroll sin preguntarse de dónde obtuvo las fuentes el autor:

> *Por una bola pinchada*
> *Y por otra aplatanada*
> *El gaucho terminó hecho astillas:*
> *La bella Alicia no quiso*
> *Sin ver el mal que le hizo*
> *Tocarle las maravillas*[24].

A partir de este momento, egregio sabio oriental, pierdo la objetividad científica, el Rigor Magister que nos caracteriza, y me dejo llevar por la elucubración irresponsable pero justiciera: A juzgar por lo que hemos averiguado Alicia Santísima Martínez era una mujer entregada a las grandes conmociones. Antes de conocer a los Mellizos Grim se había entregado a Pancho Lancaster luego de que éste padeciera una conmoción gripal, luego a Esteban Macuín, a raíz de una conmoción cerebral que sufriera tras de un accidente con su motocicleta, y a varios gauchos anónimos que sufrieron fuertes conmociones gastrointestinales tras comer una fabada preparada por Emerson Polilla que solía confundir las fabes o porotos criollos con las bolitas de naftalina para preservar los cueros de nutria. Digo yo, eximio maestro y consultor, si era tal la vocación de en-

---

[24] "Las Maravillas de Alicia", de Caín Grim. Sonata para peineta de carey y celofán de Particulares. Edición del Gualeguay Gramophon. 1957.

trega de esta pionera, ¿no pudo tal vez, algún amanecer, bajo la tenue luz de la aurora, conmoverse con el talento del petiso Caín Grim y entregarse conmocionadamente a él?

Sabemos que un día desapareció de la vida de Abel Grim, que el flaco juró venganza, y que cuando quiso contarle sus penas al hermano, éste tampoco estaba. Lo más probable es que Alicia Santísima Martínez cambiara de nombre para esquivar el afán vengativo y pendenciero del innoble Abel.

Muchas otras inquietudes quisiera compartir con usted, mi venerado amigo, pero el capitán Buenos Días Eterovic anuncia con la sirena que el escampavías *Comodoro Rompepalla* debe zarpar rumbo al norte, y el gauchaje cruel, bajo el liderazgo del convulso Fajardo prepara ya al héroe postal para su ingreso en la prístinas aguas del golfo de Penas. Emerson Polilla se ha adelantado y en la apacible playita de guijarros toca la gaita en homenaje al *postman*, como lo llama el cretino del gordo Concertado, y resulta increíble cómo los mamíferos del mar se retiran consternados hacia el mar de Wedel y los malvados castores del Baker nadan aguas arriba.

El héroe ya está listo, la carterita verde del correo entre sus dientes y sólo falta esta misiva que no tardo en entregar.

Reciba un emocionado saludo y mi mayor consideración

Prof. Dr. Segismundo Ramiro von Klatsch

P.S.: Venerado profesor Castellanos. La emoción me embarga. He arrebatado esta carta de las manos de nuestro héroe de las comunicaciones cuyas justas protestas fueron silenciadas por un certero golpe de paellera proporcionado por Emerson Polilla, pues no puedo sino compartir con usted y con Rosevél Aldao la buena nueva que nos acaba de traer esa ruina humana de Carloto Heston. El senil pionero de estas tierras daba un paseo por las inmediaciones del Estrecho de Magallanes entregado a sus desvaríos históricos, los que siempre, insoslayablemente consisten en ofrecer conferencias a un público de flemáticos pingüinos que escuchan impasibles sus alabanzas al Winchester modelo 73, destacando su portentosa eficacia en la labor de exterminar indios. Carloto Heston entró en la pulpería a galope tendido, no sin causar algún desperdicio al mobiliario y a la colección de paelleras de Emerson Polilla, quien procedió a anotar los daños antes de arrojar a patadas a caballo y jinete. Ya a la intemperie, me vi forzado a detener la tradicional pateadura con la que se suele premiar las apariciones de esta ruina humana, indicando que se trataba de un breve paréntesis, puesto que el despojo humano quería decir algo. Y lo hizo: pidió a gritos que le entregaran el cañón Berta, arma apabullante rescatada de los restos de un barco alemán que llevaba herramientas para el desarrollo destinadas al enclave germano de pederastas de Colonia Dignidad, y que sirve de mortero a Emerson Polilla cuando le da por preparar gazpachos.

A la pregunta de para qué diablos quería el cañón Berta, respondió que, por el Estrecho de Magallanes, avanzaba una orca arrastrando una lancha de desembarco embanderada con los colores rojinegros de la anarquía, y que él no permitiría una vergonzosa repetición del día "D".

Carta N° 16

Dr. Prof. Segismundo Ramiro von Klatsch
Tortitas, Patagonia

Indulgente y benemérito doctor: Anoche, en la tradicional conversación de sobremesa que llueve o truene llevamos a cabo cada treinta y un días en mi casa, Rosevél Aldao me ha preguntado con sana suspicacia cómo ha logrado usted hacerse de un mecenas como esos apicultores del Baker que le aseguran el sustento diario de alfalfa y miel, mientras investiga tranquilamente desplazándose aquí y acullá en ochocientos y más kilómetros a la redonda.

En realidad, sospecho que debajo de la incómoda pregunta formulada mientras nos tomábamos el cafecito de trasnoche, subyace una cierta recriminación o un sutil menosprecio hacia mis limitadas posibilidades de tener un mecenas equivalente, llevar una vida holgada y ser, en consecuencia, el luminoso anfitrión que alguna gente espera que uno sea.

Quizá, la reflexión de Rosevél se deba a que anoche, cuando lo invité a cenar con ese desmesurado entusiasmo que me generan las cartas recién llegadas, encendí un candelabro de dos velas, me encasqueté el gorro blanco de chef de cocina, encendí el fuego y tras calentar un generoso resto de aceite requemado que aún me quedaba de la semana pasada, le hice un formidable y ostentoso huevo frito al que aderecé con una pizca de sal y una hoja de perejil.

Pues se lo comió en menos de lo que debió haber cantado el piojoso gallo que se trepó a la gallina que lo puso, tras lo cual, Rosevél Aldao me quedó mirando con esa inquisidora y velada expresión de furia de los que parecen decir "mira, imbécil, bien podrías freírte media docena de mugrosos huevos más, si es que aún me quieres mantener contento para que te siga trayendo esos puñeteros y endemoniados sobres de la Patagonia que, si te descuidas, terminan por congelarme hasta el berbeyete".

Si hipotéticamente fue así como creí adivinar en su mirada y si él en lugar de insinuármelo me lo hubiera preguntado con franqueza, cosa que tanto valoro a la hora de juzgar a las personas, le confieso profesor que no hubiera sabido qué demonios contestarle. De todos modos, la cena se deslizó amigablemente y hasta tuvo ribetes de incontenible emoción cuando le conté con lujo de detalles y a pedido suyo, el espeluznante incidente marino en que el mártir de la correspondencia científica Miguel Strogoff perdió la nalga izquierda entre las fauces histéricas de una morsa.

Indignado por las inhumanas condiciones de trabajo de su colega postal, Rosevél Aldao juró con un certero escupitajo sobre la llama de una de las velas, que él en persona se abocaría a la tarea de buscar en el basural alguna antigua cámara de caucho perteneciente a la rueda de un Ford 8 u otro vehículo equivalente, a los efectos de modelar con sus propias manos dos nalgas inflables para Miguel Strogoff, una para el uso diario y otra para su eventual reposición, pues no es improbable que otra morsa abyecta insista en perturbarle la retaguardia durante alguna de sus travesías marítimas. O también, si así lo deseare, iría esa segunda prótesis para que pueda presumir con una nalga perfecta por las camas de Tortitas en los días de fiesta.

 Debo confesarle que semejante altruismo terminó por redoblar mi ánimo de continuar en la investigación que usted y yo tenemos entre manos y que, para retribuir a la desvergonzada franqueza de su crítica por mi atraso epistolar de la misma manera, no puedo menos que aceptarla, destacando eso sí los matices que policromaron ese involuntario silencio.

 También yo, respetado colega von Klatsch, me he visto en la incómoda situación de tener que aceptar los feroces improperios con los que, creyendo que no lo escucho, Rosevél Aldao se refiere a sus cartas en las tertulias mantenidas con los muchachos insalubres del basural. No me extraña que un rufián de la calaña de ese Choro de las Pampas, que por desgracia oficia de meritorio suyo cual si de un becario de la Casa Blanca se tratara, con todas las connotaciones que esto significa, no vacile en tildarme de viejo choto. Tampoco me causa sorpresa alguna que un fracasado en las artes de la circuncisión como el convulso Fajardo, sugiera un nefando "lío de putitos" como causa y origen de mi atraso epistolar. Profundizando aún más, distinguido colega von Klatsch, no puedo evitar la sospecha de que las malévolas palabras de ese gaucho brutal no pueden venir sino de una infidencia suya, que ya sea por efectos de la miel o de la alfalfa que constituyen su sano sustento, le ha llevado a comentar con un sujeto a todas luces incapaz de entender cualquier metodología investigativa, el compromiso contraído con Tortelio Braga, su coqueta invitación a cenar a la luz de las velas y con mantel de arpillera bordada.

Y lo que es más grave, temo que usted olvidó, tal vez porque los implacables años empiezan a mellar el filo de su sagacidad, que yo acepté acudir a tal cena, siempre y cuando fuera en presencia de Rosevél Aldao, cuya probidad viril está fuera de cualquier sospecha.

Sepa usted, apreciado colega, que mi silencio epistolar no tiene otra explicación que un imprescindible lapsus de meditación y ordenamiento de ideas, una tregua ligera para alejarme saludablemente por unos días del cúmulo de información acerca de esos dos payadores y músicos que nos desvelan. Con esto quiero decirle que volví una vez más a trepar las alturas de vértigo del Aconcagua uruguayo, y allí, sin otra compañía que el persistente silbar del viento, el canto de las noctilucas, y los doscientos obreros que instalaban antenas de telefonía celular, pensé, doctor, pensé para luego existir.

Además, y esto entra ya en el campo puramente anecdótico que siempre acompaña el devenir científico, debo insistir en que, como no disfruto del mecenazgo de la cooperativa de apicultores del Baker, ni de los muchachos de Aves y Huevos del Uruguay, que han insistido en obsequiarme una docena de huevos talla "L", generosa oferta que he rechazado como una manera de preservar mi independencia, es que he tenido que hacer a pie las doce leguas que llevan de Mosquitos hasta las Ánimas, y, por supuesto, las mismas de regreso. Pero en fin, superado ya este mal entendido puesto que yo no soy un viejo choto ni usted es un viejo chismoso como dicen por acá, permítame decirle que regresé mucho más fortalecido, metódico, y dispuesto a continuar con nuestra investigación hasta las penúltimas consecuencias.

Es así que hoy, apenas amaneció, ya estaba yo caminando por las afueras del pueblo y silbando con energía aquella vieja cancioncilla del sur de las islas del Pacífico, conocida como *El puente sobre el río Kwait*, en dirección a la cueva de piedra donde reside Tortelio Braga. Y llegar no fue fácil, pues sus vecinos, que suelen dormir hasta el mediodía, se fastidiaron con el estridente silbido y a mi juicio reaccionaron con excesiva visceralidad. En particular el vikingo Ray Gambre von Clips, que mal despierto y casi irritado, no dudó en arrojarme una vieja puerta de gallinero que no dio en el blanco, tras lo cual el belicoso Alcides "Ballena" Franca también reaccionó a su modo, empuñó el machete de cortar caña azucarera que descansaba bajo su almohada y me lo arrojó con tanta furia y precisión que cortó el silbido perfectamente en dos, haciendo pedazos la cancioncilla frente al portal de la cueva de Tortelio Braga, donde por un buen rato quedó flotando una triste e inexplicable atmósfera de rendición inglesa.

Aclaradas las cosas con los muchachos insalubres del basural, el resto de la mañana transcurrió afortunadamente en armonía y pudimos hablar con suma tranquilidad, mientras Tortelio Braga me servía sendos jarros de su famoso té de ortiga silvestre de la Sierra de las Ánimas, lo que me facilitó develar algunos misterios insondables vinculados a la relación entre su antecesor Cachengo Braga y el iracundo mellizo Caín Grim.

Por ejemplo, valorado doctor von Klatsch, cuando le pregunté al floreado Tortelio cuál había sido el enigmático camino que había seguido el payador Cachengo Braga en diciembre de 1928, luego del contundente episodio que provocaron aquellos versos envenenados referidos a Rosita Hepaminondas, mi sorpresa no tuvo límites.

Las lágrimas de dolor le nublaron los ojos al insalubre Tortelio, trenzó y retorció sus dedos sobre las rodillas, hipó una, dos, tres veces y al fin, me dijo que yo merecía, por el esforzado homenaje que le estaba haciendo a la memoria familiar, que me revelara el misterio de Cachengo Braga, quien parecía haberse borrado de la faz de la tierra tras el doloroso incidente.

Fue así que hice lo que este hombre de dudoso andar me pedía. Es decir, salimos fuera de la cueva y nos largamos a caminar durante ocho días hasta el pueblo de Palmitas de donde era oriundo el desaparecido payador.

Cuando llegamos, ya con la barba crecida y un cierto cansancio que se traducía en el arrastrar trepidante de los pies, nos detuvimos frente a las ruinas de una antigua casa de adobe y a cuyo frente había crecido un robusto eucalipto de trece metros de altura.

"Ésta fue la casa donde Cachengo Braga pasó sus últimos días…", me dijo Tortelio, visiblemente emocionado frente a la antigua tapera.

Y a continuación me develó el misterio. Cuando el belicoso mellizo Caín Grim le descerrajó el brutal charangazo en el parietal derecho, Cachengo Braga perdió la conciencia y no la recobró jamás. Lo recogieron entre cuatro parroquianos, lo subieron a un carretón de cuatro ruedas, lo llevaron hasta la casa de su pueblo natal y lo tendieron en un catre, donde permaneció para siempre convertido en un vegetal inane.

Creer o reventar, profesor, pero cuando le pregunté dónde estaba enterrado Cachengo Braga, Tortelio me dijo que en ningún lado. Que, en realidad, lo tenía frente a mí, pues tan potente había sido el golpe de charango, que de tan vegetal que lo dejó, el payador se había convertido en aquel portentoso eucalipto de trece metros que había crecido en el patio. Y mientras se abrazaba conmovedoramente al árbol, Tortelio me aseguró que en las noches de vendaval, el follaje de sus ramas dejaba escuchar con nitidez las mismas y polémicas coplas que Cachengo Braga había dedicado sobre el escenario del quilombo El Paraíso, a la ingrata Rosita Hepaminondas.

Lo curioso, querido doctor von Klatsch, es que según él, quien escuchara cantar al viento en las inmediaciones del patio de aquel rancho, sentía el impulso irrefrenable de buscar un instrumento musical y arremeter enseguida violentamente contra el árbol, sin ninguna explicación razonable.

Y como prueba de lo que estaba afirmando, Tortelio me mostró las numerosas cicatrices repujadas que en efecto tenía el árbol alrededor del tronco, muchas de ellas huellas evidentes de lo que debió ser un lomo de quirquincho enojado golpeado con furia contra la corteza.

En cuanto a la suerte de Caín Grim, el destino se mostró más benévolo luego de aquella infausta y olvidable noche del 13 de diciembre de 1928. Fecha en que para colmo de males, de haber estado junto a Abel,

Caín hubiese competido en Río Grande del Sur en el Festival Mundial de los Mellizos de Porto Alegre. Y le diría que con serias posibilidades de triunfar, pues corrían tiempos de gente tan ambiciosa, que la fiesta de ese año terminó con la escandalosa descalificación de los participantes, debido a la masiva cantidad de trillizos y hasta de quintillizos que se presentaron, para aspirar a "La feijoada d'ouro" con que tradicionalmente se premiaba al feliz ganador del festival.

De todos modos, querido profesor, la vida del conflictivo mellizo pareció de vértigo en los tiempos que siguieron.

Tras la expulsión de El Paraíso, Caín Grim fue abandonado por su yegua "Aluminio", cuando conoció al legendario, rubio y magro bandolero Wenceslao Caillabet, según parece un oscuro anarquista fabricante de bombas de gas hilarante que lanzaba en velorios de empresarios y residencias de madres de políticos, que cautivó al mellizo con su estruendosa motocicleta con sidecar. A tal punto llegó su exultante fascinación, que no pudo evitar que la noble "Aluminio", agobiada de celos ante aquella intolerable preferencia mecánica, se fugara en un furibundo y despechado galope en dirección a ninguna parte.

Lo cierto fue que tras entablar con el temible bandolero una fulminante amistad en El infierno tan temido, una antigua pulpería de las Minas de Cuñapirú, entre ambos hicieron un complejo cronograma de juergas y espectáculos, que se juramentaron cumplir al pie de la letra y a las risas, como dos monjas libertinas en los pasillos del Vaticano.

Borrachos hasta las muelas en aquel viejo garito de

mineros fracasados, se dice que aquella noche hicieron furor entre los adormecidos parroquianos payando en portuñol hasta el amanecer, según está registrado en el ejemplar de *La Vanguardia de Cuñapirú* del 7 de enero de 1929, dos de cuyas estrofas de carácter evidentemente épico, fueron recogidas textualmente por el cronista:

> *Mil trescentos brasileiros*
> *ficaron pra campanha*
> *tudus com paos do fogo*
> *pra matar uma aranha.*
>
> *A aranha dio volta o picó*
> *rumbo a Tacuarembó*
> *os brasileiros diseron:*
> *"a aranha ya nos cagou".*

Puede afirmarse sin temor a errar, maestro de la rebelde Patagonia, que la increíble odisea de los dos hombres comenzó en el feriado del 8 de enero de 1929, fecha en que por estas tierras se festeja el día mundial del mate amargo, cuando el bandolero Wenceslao Caillabet, tras proteger sus ojos con antiparras ahumadas, hizo sentar a Caín Grim en el sidecar y emprendieron una azarosa travesía que los llevó más allá del Brasil. Por supuesto, antes debieron transitar el peligroso territorio de los indios ágrafos, en donde se salvaron por milagro de ser reprendidos severamente por un descomunal guerrero desnudo y con el rostro oculto bajo el típico pasamontañas de lana negra que los caracteriza, quien los detuvo arteramente en medio de un polvoriento camino en las inmediaciones de Alegrete.

El incidente tuvo que ver con la obcecada negativa del bandolero Wenceslao Caillabet a prestarle al cacique ágrafo Volveré-y-Seremotrés la valiosa motocicleta con sidecar por tres días, tiempo que le llevaría al jerarca indígena ejecutar un ataque por sorpresa al cuartel general de Uruguayana, operación militar en la que el cacique Volveré-y-Seremotrés sería acompañado de su señora esposa y sesenta guerreros armados de cerbatanas con dardos envenenados y unas cincuenta temibles Remington X15 portátiles negras.

Afortunadamente, los dos hombres salieron ilesos del caprichoso incidente. Cuando el descomunal guerrero desnudo y con el rostro oculto bajo el típico pasamontañas de lana negra que los caracteriza, les dijo que el MAR (Movimiento Ágrafo Revolucionario) les confiscaría la moto por unos días, el bandolero Wenceslao Caillabet lo miró fijamente a los ojos y luego de levantar el puño derecho con el dedo anular hacia arriba en señal de misión imposible, aceleró violentamente la motocicleta y se perdieron de vista en dirección a las repúblicas bananeras del Caribe, dejando, seguramente, al descomunal guerrero desnudo y con el rostro oculto bajo el típico pasamontañas de lana negra que los caracteriza, parado en medio del camino y tan desconcertado como Adán en el día de la madre.

Lo curioso fue que nada los detuvo en su febril tránsito hacia el éxito. Ni siquiera la policía militar del canal de Panamá pudo evitar que Wenceslao Caillabet, presa de esa insondable melancolía que les sobreviene a los anarquistas cuando están lejos de casa, hundiese dos cargueros británicos y un remolcador norteamericano, sólo para demostrarse a sí mismo que aún podía fabricar una bomba con sus propias manos y hacerle morder el polvo al enemigo por un quítame allá esas pajas.

Mientras tanto, según cuenta en un libro reciente el prestigioso filólogo Chago Núñez de Gamboa en uno de los pocos estudios realizados fuera de fronteras[25], una multitud de curiosos ciudadanos parados al otro lado del canal, escuchaban emocionados cómo el mellizo Caín Grim sentado en el sidecar, entonaba en la orilla de enfrente su versión andina para charango y maracas de *Más cerca, oh Dios, de ti...*, mientras los cargueros británicos se hundían incendiados en medio de un espectacular chisporroteo multicolor bajo la bellísima noche panameña del 4 de julio de 1929.

A partir de allí, querido profesor von Klatsch, me costó mucho descifrar la ruta seguida por aquellos aventureros. Sobre todo porque es muy difícil para mí, al no contar con un mecenas al estilo de los apicultores del Baker, disponer de recursos para una investigación de largo alcance como parece ser la que tenemos entre manos.

Los dos amigos asociados por la sed de aventuras continuaron viaje hacia más al norte, como lo demuestra una vieja factura jamás cobrada y que aún se conserva en el Museo de Gualeguaychú. Ella confirma que tanto Caín Grim como Wenceslao Caillabet, se hospe-

---

[25] "Vida infeliz de un muchacho llamado Caín", de Chago Núñez de Gamboa. Ediciones V de Villa Vargas Vila. Villaviciosa. 1999.

daron en el Waldford-Astoria de Nueva York, donde presenciaron, a instancias del errático bandolero, la conferencia de Albert Einstein sobre la teoría del campo unitario y la transmigración de la hamburguesa, mientras en su butaca roja Caín Grim se empecinaba en descifrar la primera edición de *Contrapunto* de Aldous Huxley, suponiendo equívocamente que estaba ante un manual de autoayuda para payadores yanquis.

Según pude entender en la maraña de desinformación con que me encontré al abordar esta etapa en la vida del mellizo, el precipitado abandono del hotel Walford, dejando impaga la amarillenta factura que aún se conserva en el museo, no se debió a esa mala intención tan latina de "me voy y andá a cobrar el día del aviador naval". A decir verdad, la fuga aparente se produjo ante la imprevista noticia de que dos viejos compinches recién llegados del otro extremo del mundo, Humberto de las Mercedes Bogart y Güilliam Wendolyn Giardinelli, estaban por las distintas razones que usted acertadamente enumera, estimado profesor, en la ciudad de Baltimore. El último de ellos para dictar, dos días después, una de sus maratónicas conferencias sobre los vínculos humanos post glaciales entre Atapuerca y el Chaco Profundo. Y como usted podrá adivinar fácilmente, profesor, para llegar desde Nueva York a Baltimore en una motocicleta con sidecar antes que empiece una conferencia dentro de cuarenta y ocho horas, bueno, por lo menos hay que salir enseguida.

Y eso hicieron aquellos muchachos incansables, dejando atrás al hotel Walford-Astoria con una polémica deuda de veinticuatro días de hospedaje con media pensión y un par de espuelas de plata abandonadas sobre el secretaire de la suite. Dicho sea de paso, también las estupendas espuelas de Caín Grim están, en este instante y para quien las quiera apreciar, colgadas en el Museo de Gualeguaychú, luego de haber sido cedidas gentilmente por el general Electric Forrester, nieto de quien por aquel entonces, fuera el mejor conserje del prestigioso hotel y tercero en el ranking mundial de conserjes de todos los tiempos, detrás de Pepe Bentos del hotel Begoña de Gijón, en Asturias, y de Sirena Figueira Neto del Hotel Povoa de Varzin, en Portugal.

Pero ya nos abocaremos al regreso a sus respectivas patrias de estos empedernidos andariegos del sidecar, respetado y erudito profesor von Klatsch, si es que no vuelvo a ser ofendido por esos detestables gauchos que enturbian su peripecia investigativa y que, de dejarme arrastrar por los chismes de la comunidad científica, usted deja hacer con reprobable negligencia. Mientras tanto, me apresuro a aprovechar que Rosevél Aldao se encamina con sus amigos insalubres hacia las playas de Atlántida, para enviarle con él y luego por un pesquero pirata coreano que cruzará el Estrecho de Magallanes, esta carta.

Con la humildad y afecto de quien todavía lo sigue y admira.

Prof. Orson C. Castellanos

Epílogo de José Sarajevo

Conmovido por el ramo de blancas rosas en vaso de cristal de roca que los editores de este obra han tenido a bien enviarme, es que me alejo temporalmente del empeño intelectual que me ocupa: el análisis de la correspondencia vía e-mail mantenida entre José María Aznar y George W. Bush durante los últimos tres años. El lector comprenderá cuánta concentración preciso para desmenuzar y ponderar con justicia las doce palabras mantenidas por estos dos hombres que han consternado al mundo con su acertada reivindicación histórica de la moral de Pinocho. Sin embargo, accedo gustoso al sacrificio de epilogar *Los Peores Cuentos de los Hermanos Grim*, no tanto por la fascinación que despertaron en mí estos dos juglares del austro, sino para ayudar a que el lector soporte sin consecuencias traumáticas la interrupción de la correspondencia sostenida entre Orson C. Castellanos y Segismundo Ramiro von Klatsch.

Cronológicamente, la autoría de la última de las cartas escritas por los dos pertinaces investigadores sudamericanos corresponde a Orson C. Castellanos. Esta joya epistolar, por desgracia, nunca fue a dar a manos de su destinatario, y no porque alguna nueva fatalidad se hubiera ensañado con el cartero chileno Miguel

Strogoff, sino por culpa de un bien calculado cambio de rumbo del escampavías *Comodoro Rompepalla*, nave que, como el lector recordará, conectaba las lejanías australes con el resto del mundo.

Conforme a los testimonios de Emerson Polilla, Yolando de Hériz, el Convulso Fajardo y Misericordio de Mattos, a quienes logré entrevistar tras muchos esfuerzos mientras asoleaban sus cristianas senectudes en un rincón del gallinero del Centro Geriátrico de Port Stanley, en Malvinas, sin otra ocupación que insultar a los kelpers por cuestiones del momento y jugar violentas partidas de dominó que, indefectiblemente, terminaban en pateaduras descomunales propinadas al indefenso y no por ello menos tramposo Emerson Polilla.

En los breves momentos de sosiego conseguidos por los manguerazos de agua gélida y atlántica con que serenaban a los irascibles ancianos, los custodios del lugar —todos ellos meditabundos gurkas adoptados por Margaret Thatcher durante aquel Día de la Madre que coincidió con el fin de la guerra por el control de las Malvinas—, logré confeccionar algunas hipótesis que pueden muy bien contribuir a comprender las razones que interrumpieron tan apasionante e ilustrativo intercambio epistolar.

En primer lugar, según se desprende del extraño artículo referido a los vínculos entre la religión y la producción pecuaria del Uruguay, en donde se entrevista al bandolero redimido Misericordio de Mattos[26],

---

[26] "Influencias del cordero de Dios en el precio internacional de la lana", de Rosalío Peyrou. Revista *Caras y Sotretas*, Montevideo, junio de 2003.

el capitán Buenos Días Eterovic ya estaba bastante cansado de navegar siempre en dirección norte-sur del mar chileno y viceversa, situación que lo sumía en cada vez más frecuentes estados depresivos de los que sólo escapaba cuando, al atisbar la costa del golfo de Penas, daba la orden de lanzar por la borda al cartero, mientras rogaba para que aquél fuera el último viaje, y el abnegado funcionario terminase de una maldita vez convenientemente masticado por alguna de las nobles bestias justicieras de las inmediaciones.

A esa melancolía de ascensor del capitán Buenos Días Eterovic se agregaron la falta de apetito, los mareos, las vueltas sorpresivas de carnero, pérdida contumaz de cabello, y los súbitos accesos de llanto histérico que lo acometían sin piedad en su camarote, cada vez que miraba el bono para dos personas en primera fila con derecho a champán en el Moulin Rouge, premio desaprovechado que había ganado en la última tómbola caritativa del Roland Bar de Valparaíso.

Fue así como, víctima de uno de estos violentos cambios de conducta, este lobo de mar sereno y justo hasta el aburrimiento, sintió que por sus venas corría, realmente, el temible mal de Pigafetta que suele afectar a los navegantes indecisos. Esa dolencia fue la que lo llevó a rebelarse, pasar de largo frente a la estupefacta población de Tortitas y seguir por el estrecho de Magallanes hasta el Atlántico.

La navegación del *Comodoro Rompepalla* continuó lenta y apacible, hasta que el mismísimo Miguel Strogoff, dueño de una alegría contradictoria con la única pata de palo sobre la que se sostenía y bailoteaba en cubierta, propuso quitar a golpes de mazo la sobrequilla de acero que hacía de rompehielos, por lo que, libre ya de ese inútil lastre, la nave alcanzó una sorprendente velocidad de crucero que muy pronto la situó a la misma latitud de Montevideo. Sin embargo, ya fuera por la impericia de un capitán acostumbrado a las maniobras de 180 grados, o por el legítimo afán de hacer un poco de turismo, enfiló el escampavías aguas arriba por el Río de la Plata. Al fin, luego de saludar largamente a los bañistas de la orilla con esa inusual elegancia latina que tan bien acostumbran a exhibir los almirantes bolivianos, el capitán Buenos Días Eterovic se vio obligado a atender la falta de combustible y fondear la nave frente a las luminosas costas de Atlántida, apenas a una mañana de caminata del mediterráneo pueblo de Mosquitos, situación que aprovechó Miguel Stroggoff para echar pata de palo a tierra y agradecer algunas cosillas que tenía en mente.

Un pintoresco testimonio del cronista Byron Fornaro Jr., bisnieto del mítico periodista, da cuenta de lo ocurrido durante las horas en que el escampavías permaneció anclado en el lugar para procurarse el combustible. Me refiero al emocionante encuentro ocurrido en Atlántida entre el abnegado cartero Miguel Strogoff y su mugriento y moralmente íntegro colega Rosevél Aldao.

Los dos hombres se reconocieron a primera vista, sin palabras ni presentaciones superfluas, impelidos tal vez por el mismo sexto sentido que hace que los enanos se reconozcan entre ellos, y se precipitaron a un abrazo prolongado y estrecho, tanto, que el alcalde John Dos Posos Hakenbruch debió restablecer el protocolo de bienvenida a puñetazo limpio, hasta que al fin logró separarlos y continuar con la improvisada ceremonia de recepción. Luego, mientras la banda municipal ejecutaba extraña y paradójicamente "El Pelotudo Errante", una de las últimas composiciones conocidas de Caín Grim, Miguel Strogoff fue declarado Ilustre Visitante por el alcalde John Dos Posos Hakenbruch y agasajado con un exótico guiso de fideos a la grasa de ñandú, cocinado por Ray Gambre von Clips, regado con caña "Velho Barreiro" etiqueta amarilla y devorado por Alcides "Ballena" Franca, Tortelio Braga Rosa y el mismo Rosevél Aldao entre otros, sin que al capitán Buenos Días Eterovic, a Miguel Strogoff y al mismo alcalde, les quedara otro remedio que limpiar los platos con pan para tener una idea aproximada de qué se había tratado el guiso. Acto seguido y a modo de retribución del fraterno ágape de bienvenida, el capitán del escampavías invitó a todos a bordo a merendar rodajas de pingüino real, detalles fritos de gaviota austral y sendas jarras de un mortífero pisco sin hielo de la Antártida.

Como bien dice el refrán que "todo exceso de ingestión lleva al cristiano a Gijón", el pisco antártico desencadenó tal jarana y anarquía en la tripulación, que a Miguel Strogoff, Rosevél Aldao y sus amigos insalubres se les ocurrió zarpar de inmediato y jugar a los piratas con los marineros. Por fortuna el capitán Buenos Días Eterovic pudo restablecer el orden luego de que Vikingo Clips obligara al alcalde John Dos Posos Hakenbruch a caminar por la tabla y saltar al mar frente a la Isla Gorriti, donde los lobos marinos juguetearon con él toda la tarde, previo a dejarlo sabiamente antes del anochecer en la orilla, para que pudiese retornar caminando a su pueblo natal.

Según Misericordio de Mattos, el profesor Orson C. Castellanos contempló, no sin alguna desazón y desconcierto, cómo, al preguntar a Miguel Strogoff si le traía alguna correspondencia desde la Patagonia, el cartero chileno extrajo de la carterita verde del correo exactamente su última misiva destinada al profesor von Klatsch, y tras rociarla con un poco de sal la partió en dos, entregó la mitad a su amigo y coetáneo del alma, Rosevél Aldao, y ambos devoraron las ocho páginas escritas en papel Kraft de ciento cuarenta gramos, al tiempo que canturreaban *La Marsellesa* en un francés de pronunciación francamente miserable.

No es pues de extrañar que después de suceso tan luctuoso, el venerable profesor Castellanos decidiera consumir el resto de su existencia vistiendo los harapos del ermitaño, hiciera voto de silencio perpetuo, apenas interrumpido para cantar las viejas melodías en guaraní que le recuerdan su pertenencia a la especie de los académicos, y trasladara su morada desde Mosquitos a una gruta en la ladera sur del Cerro de las Ánimas, el vertiginoso Aconcagua uruguayo.

De todos estos hechos se desprende, en consecuencia, mi primera hipótesis para explicar la interrupción de la correspondencia entre los dos investigadores: Rosevél Aldao y Miguel Strogoff, por motivos cuya justificación sólo se puede encontrar en la naturaleza silvestre de sus personalidades, abjuraron de su vocación postal de manera radical, pero, y como se verá más tarde, circunstancial, pues nadie puede escapar a su destino.

Un segundo detalle a considerar es el aparecimiento de una orca frente a las costas del Golfo de Penas, cetáceo que, sin pretender usurpar las funciones postales de Miguel Strogoff —se sabe que las ballenas son particularmente enemigas de los despidos en nombre del mercado y de las jubilaciones anticipadas— transportaba, sin embargo, una encomienda flotante sobre la que destacaba un emblema roji-negro, que primero fue confundido con los colores de la Wells Fargo, de Western Union, de DHL, hasta que finalmente la máxima autoridad de Tortitas, el tristemente célebre Gordo Concertado, asumió la responsabilidad de aproximarse a la orca mientras ésta bostezaba sobre la playa de guijarros, y realizaba una serie de interesantes ejercicios de contracción y dilatación de los músculos faciales intentando, sin éxito, escupir la gruesa cuerda que ataba la extraña carga a uno de sus molares.

El Gordo Concertado —en realidad se llamaba Logofredo Alwyn—, avanzó con pasos sigilosos entre un mar de insultos y objetos varios lanzados por sus coterráneos, pero no logró evitar que las muecas de la orca suscitaran en él una alegría extemporánea y cruel, que lo llevó a reír a carcajadas, mientras indicaba al gesticulador asesino de los mares y lo llamaba con toda suerte de epítetos que las buenas costumbres me impiden reproducir.

Esa risa francamente ofensiva de Logofredo Alwyn, no pasó inadvertida al animalito, que primero se sintió triste, objeto de un injusto escarnio, víctima de un mal trato verbal penado por cualquier sociedad protectora de animales o espectador de *Liberen a Willy*. Sin embargo, su espíritu de animal invencible fue invadido por eso que la moderna psiquiatría ictiológica llama "efecto Pinochet", y que básicamente consiste en hacer la última jugarreta traicionera antes de estirar la pata, o la aleta dorsal, en este caso.

Así fue que —me lo contó entre lágrimas Emerson Polilla, aquejado del mismo moquillo que hizo estragos en el gallinero del Centro Geriátrico de Puerto Stanley—, sin quitarle el ojo de encima, la orca esperó a que el Gordo Concertado esgrimiera como un trofeo la pata de palo que ella había transportado gratis y sin complejidades aduaneras por más de dos mil millas. Entonces, tras un magno, descomunal y terrible esfuerzo de cetáceo kamikaze que partió en seis partes su columna vertebral, se dobló sobre sí misma como sólo puede hacerlo una ballena despechada, hasta enrollarse en un gigantesco remedo de boa constrictor. De inmediato, volvió a estirar el cuerpo con la violencia de un azote dirigido contra la flota ballenera japonesa y noruega juntas, que dio de lleno sobre Logofredo Alwyn, enviándolo en un viaje sin retorno que culminó en un aterrizaje feroz, doscientos cincuenta millas más al sur, en medio de la sala de ensayos de la orquesta sinfónica de Isla Dawson que, ¡vaya paradojas de la existencia!, ensayaba *Algo pasa*, una balada country para charango y pífanos compuesta por Caín Grim en las postrimerías de su azarosa vida.

Nada más volvió a saberse de Logofredo Alwyn, más conocido como el Gordo Concertado en la saga patagónica, pues los habitantes de Isla Dawson, pingüinos en su mayoría, son particularmente irascibles con cualquier persona, animal o cosa que interrumpa sus veladas culturales y la distendida atmósfera que las envuelve, fría, muy fría, tanto, que uno siempre sonríe incluso ante el peor de los chistes.

Al suicidio justiciero de la orca se debe el despoblamiento de Tortitas, pues, apenas cerró los ojos, Emerson Polilla se precipitó hacia ella en medio de estériles intentos por meterla en el perol de sus legendarias fabadas. Algo similar aconteció con el Convulso Fajardo; el ex castrador de borregos y cuáqueros más prestigioso al sur del paralelo 42 se abalanzó sobre Emerson Polilla con evidentes afanes homicidas, reclamando para sí la propiedad de la orca en medio de febriles argumentos que invocaban las bondades del pilpil como lo más acertado en semejantes circunstancias.

La disputa entre estos amantes de la "nouvelle cousine austral" se prolongó entre improperios, mutuas descalificaciones, patadas en la entrepierna, cortes de facón y algún arañazo casual, hasta que la orca empezó a despedir una pestilencia, preámbulo de la fauna reptante que llenó la playita de guijarros para delicia de los cormoranes, y que motivó la urgente evacuación del simpático y peculiar enclave de pioneros.

Los únicos que permanecieron en el lugar, provistos de máscaras antigases fueron el carpintero fúnebre Noé Azpegoitía, el informante del profesor von Klatsch conocido por el alias de Choro de las Pampas, y Zóe, la mula albina, líder de la recua de mulas administrada por el Convulso Fajardo y el gaucho Yolando de Hériz.

No me consta, pero dicen que, contagiada por el silencio de aquellos dos hombres que no tenían nada que decirse, Zóe, la mula albina aprendió a hablar, pues sus rebuznos no bastaban para manifestar la paranoica sensación de ser víctima de una intriga, ya que ni Noé Azpegoitía ni el Choro de las Pampas le dirigieron jamás la palabra ni la invitaron a cebar un mate.

Zóe, finalmente, abandonó a aquellos bípedos silentes y encontró un interesante y prometedor empleo como mula-ventrílocua en el circo Las Águilas Humanas; con un monigote de paja montado sobre sus ancas galopaba en torno al ruedo mientras cantaba, a dos voces, el texto que Caín Grim compusiera para ser cantado con la música de *Caballería Rusticana*:

> *Lo vinieron venir lo dejaron pasar*
> *le metieron un palo en el culo*
> *¡ay qué dolor! ¡ay que dolor!*
> *Y no se lo puede sacar...*

Como es de suponer, la incorporación de Zóe a la tropa del circo Las Águilas Humanas significó la disolución de la recua, pues las otras mulas permanecían unidas por la severa voluntad de gobernanta inglesa que siempre caracterizó a la mula albina y, en este, aparentemente intrascendente detalle, me baso para formular la segunda hipótesis: el profesor Segismundo Ramiro von Klatsch no enloqueció, como tan irresponsablemente se afirma, al ver que el escampavías *Comodoro Rompepalla* pasaba de largo y lo dejaba sin la ansiada misiva del profesor Orson C. Castellanos. Von Klatsch, fiel a sus ancestros germánicos, era un hombre acostumbrado a la adversidad, menos discípulo de Schopenhauer y mucho más de Beckenbauer, sabía que la dicha es efímera y que los laureles se los lleva el viento. Además, no iba a ser ésa la primera alteración en la fluidez epistolar mantenida con el sabio oriental. Valga mencionar que entre las cartas catorce y quince se advierte un cierto desfase, que el lector habrá interpretado como lapsus de concentración de cualquiera de los dos investigadores, enteramente justificable si se piensa en qué precariedad realizaron su labor. Sin embargo, para mejor comprensión de la fuerte psiquis de von Klatsch y para admiración de su ordenado cerebro, debo mencionar un detalle de este apasionante intercambio epistolar, que me fue referido por Sweet Suárez, presidenta de la Cooperativa de Apicultores del Baker, conocida también por el simpático apelativo de "La Cubanita" debido a la manera de promocionar su producto a la voz de "azúca" cada vez que aparecía por los poblados de colonos, y que von Klatsch no mencionó nunca para no angustiar a Orson C. Castellanos.

Según "La Cubanita", cuando Miguel Strogoff fue arrojado por la borda del escampavías *Comodoro Rompepalla* con la misión de entregar la carta número quince, en lo más acompasado de su natación rumbo a la costa por un mar liso y semicongelado, fue víctima de los escarceos lúdicos de un calamar del Pacífico, cefalópodo de irresistible simpatía que lo hizo objeto de sus juegos malabares primero y luego de una agradable inmersión al pintoresco fondo marino. Me permito recordar que el estilo natatorio del cartero chileno, ya fuera auxiliado por la prótesis estilo Luis XIV, o Luis XVI, o por las dos, convenientemente prolongadas en sus terminales palmípedos, consistía siempre en avanzar con la carterita verde de Correos de Chile entre los dientes. Pues bien, luego de la segunda inmersión a las profundidades marinas, donde el amistoso, pero al mismo tiempo confianzudo calamar, demostraba su afecto y alegría arrojándole chorros de tinta en la cara y propinándole golpes de tentáculo en la cabeza, la carterita verde del correo quedó convertida en un ridículo bolso, similar al fúnebre y afeminado monedero negro de piel de murciélago Aberdeen Angus del príncipe de Valaquia, sin que nadie pudiera luego descifrar aquella oscura tormenta de letras en que quedó convertida la sagaz erudición de Orson C. Castellanos.

Al salir a la superficie para volver a llenar de aire los pulmones, Miguel Strogoff sufrió una descoordinación plenamente comprensible dada su situación de cartero en horas de servicio entretenido en jugar con un calamar impúdico, y al respirar se tragó la carterita verde del correo.

Pero esta tragedia no descorazonó a von Klatsch. Lo que desplomó, desmoralizó, pulverizó, "deconstruyó" la voluntad del sabio chileno, fue comprobar que la vanidad de Zóe, la mula albina, al renunciar a su natural liderazgo de la recua tan bien rebuznado a cambio de los aplausos del circo, además de resultarle un hecho patético, terminaba con la disciplina y unidad de aquellas esforzadas cuadrúpedas, y él perdía la última posibilidad de comunicarse con el profesor Castellanos.

Segismundo Ramiro von Klatsch abandonó Tortitas sin mirar atrás. Sobre la mesa de la pulpería vacía quedó su cuaderno de bordes dorados y media resma de papel Manila que, ¡qué duda puedo albergar!, le hubiera sido muy útil para escribir luminosas cartas dirigidas a Miguel Strogoff, si hubiera sabido que el abnegado *postman* criollo en sociedad con Rosevél Aldao gerencian —hasta esta fecha con éxito— una empresa postal subcontratada por Halliburton al 90% de interés en beneficio de Dick Cheney, encargada de administrar la correspondencia entre los prisioneros de Guantánamo y sus familiares afganos. Ninguna carta va, ninguna carta viene, pero los esforzados comunicadores vocacionales cobran su 10% que les permite vivir holgadamente y sin preocupaciones.

En cuanto respecta al destino del profesor von Klatsch, por lo que pude averiguar se dedica, en compañía de su perrita "Heidigger", a caminar sin rumbo aparente por el desierto de Atacama, predicando un odio irracional a la miel de abejas y declarándose a sí mismo "el último apologeta de la amargura".

Era un día primaveral cuando salí de Tortitas en la avioneta Pipper de dos puertas que me llevó hasta Mosquitos. Lo hice en compañía de un curioso sujeto que, más que un hombre, era un compendio de arrugas y frases sin sentido. Se trataba del gaucho Carloto Heston, recientemente contratado por la administración norteamericana para dirigir el desarme en el Oriente Medio.

Es evidente que la interrupción de la correspondencia entre estos dos sabios, que yo sepa los únicos interesados en la vida de los Mellizos Grim, nos priva de una apasionante biografía doble —no olvidemos que se trata de mellizos— de estos músicos, payadores, poetas de verso certero y amantes heterodoxos. Ciertamente una pena, pero confío en que la publicación de este libro incentive nuevamente a la cooperativa de apicultores del Baker a la concesión de un estipendio investigativo que, no obstante mi extenuante quehacer, aceptaría con agrado.

Antes de terminar y como una modesta contribución al lector europeo que, con justa estupefacción, habrá reparado en las sistemáticas menciones que tanto Orson C. Castellanos como Segismundo Ramiro von Klatsch hacen a los circos, Los Demonios de Siberia, Circo criollo de los Hermanos Podestá y Circo Las Águilas Humanas, me permito recordar que en los últimos doscientos años las naciones americanas se han visto sujetas a la terca voluntad de mulas de sus respectivas fuerzas armadas, especializadas en abrir campos de concentración y cerrar escuelas y parlamentos. Como la vida institucional, pese a todo, debía continuar, es que los circos son un referente ineludible para comprender la evolución de las democracias americanas.

Finalmente, no puedo dejar de mencionar que desde el aire observé la acogedora playa de guijarros de Tortitas.

Mientras nos elevábamos, le señalé allá abajo a mi compañero de viaje un vetusto objeto reconocible, lamido por las blancas crestas de espuma que morían en la orilla. En efecto, al final de la acogedora playita de guijarros, una pata de palo estilo Luis XVI enseñaba con orgullo la docena de rosas amarillas florecidas a la altura de la rodilla.

"Aprendió la lección…", dijo con sana alegría el muy cínico de Carloto Heston, mientras la veía moverse a saltitos sobre la arena cada vez más lejana. "Se hace camino al andar."

Apostillas a *Los Peores Cuentos de los Hermanos Grim*

Por José Sarajevo

Impulsado por la persistente insistencia de los traductores, entre ellos Tekito Lapaga, traductor oficial al tagalo de ésta obra, he aceptado realizar estas apostillas que, espero, contribuirán a una mejor comprensión de los esfuerzos de mis denodados colegas Orson C. Castellanos y Segismundo Ramiro von Klatsch. En realidad, y en un alarde de sinceridad que me resulta molesto enfatizar, otros traductores de este libro menos avezados y acaso despojados del rigor filipino, sugirieron encargar al conde Elgembert Humbert Eco de la Caverna la escritura de las necesarias apostillas, pero, y acaso en una demostración de la inefable casualidad que premia los esfuerzos académicos, la Fundación Imelda Marcos me concedió un estipendio consistente en dos pares de zapatos charolados —uno blanco y el otro rosa alejandrina— de tacones aguja, talla 46, y que pongo a disposición de los artistas nocturnos o Drags Queen interesados. Precios a convenir.

AMÉRICA: Continente víctima de la primera oleada masiva de emigrantes ilegales que se recuerde. En la actualidad se divide en tres partes: la del Norte, bastante aburrida pese a los esfuerzos de la francofonía en Canadá, y al tesón de Rubén Blades un poco más abajo; el Sur del Río Bravo, territorio famoso por las andanzas, aventuras y desventuras de los Mellizos Grim, y el territorio antártico, zona poco apta para las celebraciones de carnaval o Halloween.

ALMIRANTE MENEM: Navegante sirio, famoso por su tendencia a encallar de forma escandalosa. Una incurable cleptomanía lo impulsaba de manera obsesiva a robar las anclas de las naves bajo su mando.

ATACAMA: Lugar poco apto para la práctica del golf. Se dice que, al verlo por primera vez, Francisco Pizarro ordenó que lo ataran a la cama para evitar el viaje y posterior conquista.

BAR EUZKALDUNA: Legendario antro de la bohemia del pueblo uruguayo de Mosquitos, fundando en 1949 y atendido desde entonces por el vasco del mismo nombre. Se dice que en ese bar se planificó la resistencia uruguaya a la dictadura militar y, también, se inventó el huevo duro para los borrachos matinales que aún no habían desayunado. Actualmente, es un museo.

BALLENAS CLUECAS: Cetáceos de comportamiento lascivo, aunque de carácter temporal, debido a la ingestión de números atrasados de *Play Boy* que las naves de turismo arrojan al Océano Pacífico.

BERBEYETE: Denominación peyorativa que los indios charrúas del norte uruguayo le daban al culo de los hombres blancos empeñados en exterminarlos.

BICHICOME: Linyera, comebichos, ciruja, vagabundo, *clochard*, *beachcombers*, indigente absoluto. Sujeto caracterizado por un odio enconado a las tarjetas de crédito y a los préstamos hipotecarios.

BICHO: Forma despectiva y cobarde de denominar a los insectos y, por extensión, a los animales mayores que el hombre no puede dominar fácilmente con sus propias manos, desde los escorpiones, arañas y ladillas, hasta los tigres de Bengala, generales de división, toros de lidia y perros budweisser. Se aplica también como generalización aleatoria de las carnes comestibles: "todo bicho con más de una pata es bueno para la parrilla".

BOLUDO: Expresión popular que alude a un bajo coeficiente intelectual, manifestado en un crecimiento metafórico y desmesurado de las bolas.

BOMBO LEGÜERO: Es el instrumento membranófono de percusión más antiguo de América, puesto que se han encontrado restos de estos instrumentos pertenecientes al período preincaico. Común en la actualidad a casi todo el folklore de los Andes, el bombo se construye generalmente en madera de troncos ahuecados y los parches que cubren sus extremos, de piel de cabrito o de oveja, son tensados mediante cuerda o cinta de cuero en zig-zag desde los aros. Son percutidos con palillos de madera que en ocasiones van revestidos del mismo cuero. Recibe el nombre de bombo legüero por su potente y grave sonido, capaz de despertar a un cristiano a la hora de la siesta a una legua de distancia. La práctica de ejecutar el bombo de pie fue impuesta por el conjunto folklórico Los Chalchaleros a partir de 1945. Hasta ese año lo ejecutaban sentados, aunque Abel Grim, durante la gira que realizó en 1924 por el Chaco argentino, llegó a tocar el bombo legüero durante toda una noche acostado en un catre al aire libre en la ciudad de Resistencia, hasta que Güiliam Gwendolyn Giardinelli enfurecido de insomnio, lo arrastró del pescuezo y lo tiró sin más trámites al río Paraná. Aferrado al bombo, Abel Grim navegó hasta Buenos Aires adonde llegó el 3 diciembre de 1924 a las 19:30 de la tarde, justo a tiempo para la *première* de ese día junto a su hermano Caín en el Teatro Colón, en donde presentaron la emotiva y desquiciante samba-vals *Mil leguas de viaje en bombo por el río Paraná*, que terminó por enloquecer literalmente a los porteños, quienes, como es sabido, odian el bombo.

CAJÓN CERVECERO: Caja de madera diseñada por aficionados alcohólicos a la carpintería, en la que, dependiendo de la urgencia, entran perfectamente entre diez y veinte botellas de cerveza. Además de su uso natural como "container" criollo, es empleado para acompañar ciertas melodías melancólicas como las cuecas, resfalosas y periconas, remplazando a los pianos, contrabajos y bronces cuando, condiciones climáticas adversas o golpes de estado sin aviso, impiden que la orquesta filarmónica de Berlín acuda al lugar del jolgorio.

Caña: Bebida alcohólica terrorista con que los brasileños del Río Grande do Sul amenazan a los hígados vírgenes de Uruguay, Argentina y Paraguay. Prohibida por la Convención de Ginebra luego de que Colin Powell enseñara una radiografía del hígado de George W. Bush en el comité de seguridad de la ONU.

Carlos Gardel: El más famoso cantor del tangos del mundo, nacido en Tacuarembó, Uruguay, y de quien Jorge Luis Borges, despechado y despreciativo, dijo alguna vez que había nacido en Toulouse, Francia, y que, en realidad, era aficionado al bolero y no al tango. Si es cierta la afirmación evangélica de que Dios hizo al hombre a su imagen y semejanza, entonces el origen de Carlitos Gardel es divino.

Caño maestro: Dícese de la cloaca principal de los antiguos sistemas de saneamiento urbano, muy codiciado por los vagabundos con deseos de afincarse definitivamente en algún sitio y comenzar una vida nueva.

Capar: Castrar. Acto violento de despojar de sus bolas a un toro, un caballo, un carnero o a cualquiera que las tenga, para que no siga poblando el planeta. Por la delicadeza necesaria para llevar a cabo esa verdadera tarea quirúrgica, en particular con los ovinos, muchos paisanos del Sur de América optaban por realizarla con los dientes, cuando los tenían, o con el facón de doble filo, esa útil herramienta nacida del mestizaje —como todo en América— de un bisturí y la espada de Sandokán.

Criadillas: Testículos de los animales, entre ellos de los hombres. En realidad, de aquí debería derivar la palabra "criadillero", pero como a nadie se le ocurrió, los porteños de Buenos Aires acuñaron la expresión "boludo" con que llaman a los jueces de fútbol, a los automovilistas que los fastidian y, por extensión, a cualquiera que no les caiga simpático. En el caso del toro, las criadillas son la mejor parte del animal, la más sabrosa y placentera al paladar. En el caso de los árbitros de fútbol o generales de infantería no se puede afirmar lo mismo.

COLONIA DIGNIDAD: Macabra residencia chilena de ancianos, en donde antiguos nazis humillados pasan sus horas de resignación jugando a la batalla naval, al golpe de Estado, torturas varias, violación de menores y otros juegos de salón. Augusto Pinochet pasaba allí sus mejores fines de semana, hasta que se le impidió el ingreso con carácter definitivo, debido a sus odiosas manías de patear los tableros desde su silla de ruedas y, en delictiva sociedad con su esposa, robar las cucharitas y las mangueras de los enemas.

CORONDA: Ciudad argentina ubicada en la provincia de Santa Fe, en cuya cárcel se alojó entre 1975 y 1980 a centenares de presos políticos, encerrados en celdas de a una o dos personas, con la prohibición de hablar, de comunicarse, de compartir un recreo, visitas y lecturas. Con algunos elementos esenciales de supervivencia, los presos políticos desarrollaron una resistencia a la política de exterminio implementada por la dictadura. La lucha por comunicarse, por mantener la dignidad y organizarse fue la base de esta resistencia. Un hecho destacable fue la invención del "periscopio", pequeño artefacto rudimentario no más grande que una uña que permitió cambiar la "lógica de la vigilancia".

Con el periscopio eran los presos quienes vigilaban a los guardianes y, cuando el periscopio mostraba que el pabellón estaba "liberado", los reclusos se entregaban a las actividades colectivas de la resistencia a la dictadura dentro de la cárcel. Sobre el tema se editó un libro titulado *Del otro lado de la mirilla. Olvidos y memorias de ex presos políticos de Coronda*, prologado por Adolfo Pérez Esquivel. Ignoro si la palabra Coronda es citada en el intercambio epistolar mantenido por Castellanos y von Klatsch, pero la historia es magnífica y no debe ser olvidada.

COSO: Masculino de "cosa". Voz peyorativa con que en algunos puntos del Sur de América se designa al sujeto que no sirve absolutamente para nada. Por ejemplo, cuando pasa un ex presidente por la calle: "Miren, ahí va el coso ese…"

CHAMBERGO: Sombrero de ala ancha y copa acampanada, sujeto con presilla o "barbijo" debajo de la garganta. Se cuenta que Caín Grim llegó a lucir un chambergo bajo cuya ala jugaba a los naipes con sus amigos y hasta cubrió a la bella *écuyère* Rosita Hepaminondas durante una lluviosa tarde de amor en que no se quitó el sombrero.

CHANCHO: Porcino, cerdo, inmundo. Se aplica también en los países del cono sur americano para nombrar al puerco, pero sin ánimo ofensivo. Se asocia a la felicidad en su expresión más telúrica: "feliz como chancho en el barro".

CHARANGO: Instrumento musical de cuerda pulsada oriundo de las regiones andinas, que se construye con la caparazón de quirquincho o tatú mulita, animal perteneciente a la especie de los Armadillos muy abundante en América del Sur. Este instrumento tiene su origen en la antigua *Vihuela de mano*, cordófono introducido a América en el siglo XVI durante la conquista. Existen una gran variedad de tamaños, desde los charangos en porte similar a la guitarra corriente, hasta el charanguito pequeño que se pierde entre las manos del ejecutante. Existe también la creencia de que el charango surge con frecuencia de la metamorfosis de algunas mulitas que se aficionan peligrosamente a la música, pero no se han encontrado pruebas serias de esa hipótesis. Finalmente, debo mencionar un documento fechado el 3 de diciembre de 1922 en la localidad de San Martín de los Andes, referido al entusiasta intento de Caín Grim de convertir en contrabajo a un tatú carreta de un metro de longitud, con la sana intención de integrarlo a la banda municipal del pueblo. Desafortunadamente, el tosco animalito se negó a semejante experiencia musical por considerarlo una maricondada del mellizo y el proyecto fracasó.

CHILE: Es el país más largo y angosto del mundo. Sus habitantes marchan de a uno y de perfil, como los antiguos egipcios, afirmando sus espaldas en la cordillera de los Andes y cuidando de no mojar sus pies en las heladas aguas del Pacífico. Un detalle curioso de este país, es que hubo un tiempo en que corrió serios riesgos de convertirse en una especie de espagueti geográfico, cuando el escritor Hernán Rivera Letelier, residente en Antofagasta, y el escritor Ramón Díaz Eterovic, en Punta Arenas, comenzaron a tironear como enloquecidos de sus extremos. Afortunadamente, Ramón Díaz Eterovic (nieto del capitán Buenos Días Eterovic) vive hoy en Santiago de Chile totalmente entregado a la numismática, y Hernán Rivera Letelier permanece tranquilo en Antofagasta, entretenido en fabricar recuerdos exóticos del lugar, tales como saleros, mujeres de sal, collares de piedras de sal gruesa y dedos mecánicos niquelados para espolvorear la sal fina sobre la carne asada. Quien mejor ha definido su estrechez geográfica fue el poeta chileno Vicente Huidobro, que en su poema "Los puntos cardinales" dice: "los cuatro puntos cardinales / son tres / norte / y / sur".

CHIMICHURRI: Antiguo condimento para la carne asada, del que se dice se hizo por primera vez con una mezcla suave de aliento de dragón andino y pólvora de conquistador español. Una de las mayores injusticias cometidas con el chimichurri es la de suponerle una raíz etimológica aymará. Por fortuna Osvaldo Soriano —el Gordo Soriano para sus amigos— puso los puntos sobre las íes del chimichurri, durante una conferencia pronunciada en un bar de Palermo para cuatro amigos entre los que me cuento y un gato que pasaba por ahí. Sostiene Soriano que la palabra chimichurri, con toda su sabrosura, viene de las dificultades fonéticas de los gauchos que servían a los ganaderos ingleses que se asentaron en las amplias pampas. Los ingleses, etnia desaforadamente exótica y peleada a muerte con cualquier sensatez gastronómica, rocían de una salsa nauseabunda todo lo que ingieren y le llaman "curry". Alguna vez, un inglés dotado del mismo semblante intelectual del príncipe Carlos, decidió con la perfidia que los caracteriza, malograr, desperdiciar, pudrir un maravilloso trozo de carne argentina, y para ello ordenó "give me a curry" al gaucho más cercano. Éste, más concentrado en putear al inglés que en cumplir con el pedido, fue hasta el parrillero y le dijo: "y el boludo ese quiere algo raro, quimicurri creo que se llama". El parrillero, hombre contemplativo y profundo como lo son todos aquellos que consagran sus vidas al sacerdocio del asado, echó mano a sus elementos de alquimista, y en una botella mezcló aceite, vinagre, sal, pimienta negra, orégano y unos granitos de pimienta de cayena. Luego entregó la botella al gaucho y soltó al viento de la pampa su mesurado consejo: "llevale el chimichurri y que se deje de hinchar las bolas el coso".

CHINCHULÍN: Víscera de animal cuadrúpedo y mamífero no doméstico, muy codiciada en los asados criollos por los habitantes del Sur de América, que suele provocar náuseas, autos de fe, contracciones culturales y dolores de cabeza a los extranjeros, luego que alguien comete la estupidez de decirles qué comieron.

CHINGUE: Animalito travieso, simpático a primera vista, al que por desgracia la naturaleza dotó de un sistema de comunicación equivocado, pues apenas decide que alguien la cae bien procede a rociarlo con persistentes chorros de orina cuya pestilencia dura varios días. No consigue crear grandes sinergias con su actitud. En algunos países de Norteamérica lo llaman mofeta, lo que es una soberana estupidez pues a simple vista se ve que es un chingue.

CHOCLO: Mazorca de maíz, salvajemente fálica, que deja de serlo cuando se la cocina para el puchero, o cuando se la muele para hacer humitas o tamales. Los mexicanos lo llaman "elote", otra incongruencia para denominar algo que es inequívocamente un choclo.

CHORO: Viene de la palabra quechua "choru", que significa persona elegante o audaz. Debido a sus alpargatas Kelvin Klein, su chiripá de seda jaspeada y sus espuelas de plata con motivos infantiles, a Abel Grim también le decían "El Choro de las Pampas". En la Patagonia, lugar al que no llegaron los incas pues los mapuches los devolvieron al Perú de una soberana patada en el culo en las márgenes del río Maule, a unos dos mil kilómetros más al norte, se usa más para referirse al mejillón, incluso a uno de gran tamaño llamado "Choro Zapato". En la jerga chilena es sinónimo de aniñado, provocador, y por asociación con el molusco se la aplica a todos los tipos "negros y cerrados".

CHIRIPÁ: Del quechua, "chiripá" significa "para frío" y se trata de una prenda de la vestimenta del gaucho, que se coloca de un modo similar al pañal a un niño y se sujeta en la cintura con una faja tejida terminada en flecos y sobre esta faja se ajusta un cinturón ancho de cuero. Los avances sociales de consumo y la aparición del alambrado, llevaron a la desaparición del chiripá. Éste fue suplantado por el pantalón bombacha —prenda incorporada al Río de la Plata por los turcos—, más cómoda y sujetada de igual forma. Caín y Abel Grim abandonaron definitivamente el chiripá, porque desde niños tuvieron la mala costumbre de vestirse uno al otro y terminaban fastidiándose y enredándose entre sí. Se dice que en una oportunidad, cuando ya eran reconocidos payadores y encontrándose bajo los efectos de la ginebra, pretendieron vestirse montados a caballo y no lo lograron.

CHULENGO: *De Villa Mercedes soy / todo un gatito cuyano… / Ya saben de dónde vengo / y me llaman "el Chulengo"*, mentía descaradamente Abel Grim, cuando cantaba esta canción de Oscar Valles en el pueblo de Pehuén. En realidad, "chulengo" se le llama a la cría del guanaco (véase "Guanaco"). Su piel era usada por los indios tehuelches de la Patagonia para la confección de los quillangos, mantas tan pintorescas como abrigadas con que ese pueblo le ganó su batalla al clima durante milenios. La piel del chulengo es blanca y casi tan fina como la del zorro plateado. Para confeccionar un tapado que cubra el pellejo de alguna vieja millonaria europea se precisan las pieles de unos doscientos chulengos.

CHUPALLA: Chupalla en voz quechua alude a la "achupalla", una planta de cuyas hojas se sacan las tirillas o trencillas que dan forma a las clásicas "chupallas", como se les llama a los típicos sombrero que usan los campesinos, obreros, pescadores, hombres de la pampa y de las minas de Chile, tanto para protegerse del sol como para concurrir a las festividades. Confeccionar una chupalla es una tarea ardua y complicada, tal vez por ello, cuando los chilenos se quedan atónitos, estupefactos frente a algo, en lugar de decir "cáspita" o "atiza", prefieren exclamar "¡chupalla!"

CHURUMBELES DE ESPAÑA, LOS: "Los Churumbeles de España" fue una de las orquestas más exitosas de la década de los '50 en México y América latina. El grupo fue fundado por Fernández Ruiz en 1949 para poder cumplir un contrato en Cuba que les permitiera salir de la

España franquista. Republicano y antifranquista, "Pepe" Fernández organizó la orquesta en menos de un mes y se marchó a Cuba y México, haciéndose muy famosos con canciones como *No te puedo querer, El Beso, Doce Cascabeles, La Leyenda del Beso, Lisboa Antigua* y *El Gitano Señorón*, entre muchas otras. Admiraron especialmente el legado musical de Caín Grim, aunque se negaron tajantemente a grabar alguna de sus canciones.

DINOSAURIO DE MONTERROSO: Animal jurásico descubierto por el arqueólogo Esteban Espielberg en las estribaciones de Santa Bárbara, California, reivindicado para la literatura universal por el genial escritor guatemalteco Augusto Monterroso, quien un día se recostó a dormir la siesta y, *cuando despertó, el dinosaurio todavía estaba ahí.*

EMPANADA: Se hace primero un círculo de masa de pan fina de cuatro dedos de radio, luego se deposita en el centro un preparado de carne picada, cebolla, muy perfumado de laurel y comino que se denomina "pino". Se agregan uvas pasas, aceitunas y una rodaja de huevo cocido. Luego se cierra la masa de modo que todo eso quede apretado y oculto y, finalmente, se fríe en aceite o se mete al horno. Si queda bien, eso es una empanada.

FACÓN: Puñal de dimensiones variadas, de hoja de acero y empuñadura de plata o pata de cabra. Se guarda en una vaina también de plata o de cuero repujado con incrustaciones de metal. Se porta a la cintura, por la espalda, discretamente sujeto entre las vueltas de la faja y sin la menor ostentación, pues se trata de un facón y no de un cuchillito de *boy scout*.

Farlopa: Polvito blanco obtenido de las hojas de coca, luego de un proceso en el que intervienen campesinos —porque es más rentable que cultivar menta—, narcoproductores —con pleno conocimiento de los gobiernos—, narcotraficantes —empresarios líderes del neoliberalismo económico practicado a ultranza—, y está destinado a la capa social ociosa y parasitaria que se reparte el noventa por ciento de la riqueza mundial.

Franz Joseph Strauss: Político bávaro (1915-1988). Gran amigo de Augusto Pinochet y de todos los dictadores latinoamericanos amantes de la marcha Radatzky. En Chile se preocupó personalmente por la suerte, bienestar e impunidad de una pandilla de viejos nazis asentados en Colonia Dignidad, un centro de torturas, desaparición de personas y primer Club Mundial de Pederastas con personería jurídica.

Gato Félix: Personaje de la mitología latinoamericana que, como el Ave Fénix, renace de las cenizas. Los europeos suelen criticar que el Gato Félix renazca de las cenizas en las sagas latinoamericanas, y ven esto como una muestra de desdén o incomprensión, de la misma manera que, cuando un latinoamericano cita la famosa "espada de Pericles", de inmediato lo corrigen indicando que el de la espada era Damocles, sin detenerse a pensar que en aquellos tiempos todo el mundo iba armado.

Gomina: Gelatina obtenida normalmente del membrillo y que, con agua y unas gotitas de lavanda se transforma en un estupendo fijador de cabello. La gomina como icono cultural latinoamericano está indisolublemente ligada a la figura de Carlitos Gardel. El tango *Te acordás hermano* insinúa que "los muchachos de antes no usaban gomina", pero no es más que un rumor irresponsable.

GUANACO: Camélido andino de aspecto bonachón debido a sus pestañas rizadas que, no obstante lo anterior, esconde un rencor milenario que soluciona escupiendo a quien se le acerque.

INSILIO: Antónimo de "exilio" por razones obvias.

ISLAS MALVINAS: En realidad se llaman Islas Malouinenses, ya que los primeros en hacer algo útil en esas islas fueron los pescadores de Saint Malo. Según el Tratado de Tordesillas (1494) las islas estaban bajo soberanía española, y luego de la independencia argentina eran parte del territorio de la joven nación. Sin embargo, los ingleses que todo lo confunden las llaman Falklands, inexplicablemente, de la misma manera que resulta inexplicable la fealdad de las mujeres kelpers y de los bípedos kelpers que las habitan. Un cronista español de la conquista habría escrito: "son las kelpers y los kelpers tan horripilantes, que para evitar mirarse entre sí nunca le dan la espalda al mar, y aprovechan las noches sin luna para procrearse". En 1982 murieron innecesariamente muchos jóvenes argentinos, mientras sus oficiales se llenaban las faltriqueras vendiendo los pertrechos en el mercado negro.

JERICÓ SÁNCHEZ: Músico cubano, trompetista, que impresionó gratamente a Louis Amstrong mientras tocaba en una demolición, en la ciudad de Loussiana. Caín Grim escuchó alguna vez su historia e intentó acomodar una boquilla de bronce a su charango, pero por más que sopló todo fue en vano.

Linyera: Es como el "bichicome", aunque algo más negligente en su manera de llevar el smoking.

Matambre: Palabra nacida de la urgente necesidad de matar el hambre. En Chile lo llaman "arrollado", queriendo decir "enrollado", pero es lo mismo. Básicamente consiste en tomar un trozo de "vacío" de vaca, delgada capa de carne que cubre el tejido muscular de los animales, extenderla sobre una mesa, disponer en ella carnes de otros animales como chancho y cordero en pequeños trozos, vegetales como cebolla, apio, perejil y zanahoria, y enrollarlo todo como si se tratase de una alfombra persa. Luego se cocina por algunas horas a fuego lento en un caldo bien perfumado de laurel, hasta que adquiere el aspecto de una sabrosa manguera de bombero, y se sirve acompañado de papas cocidas, ya sea frío o caliente, en rodajas finas como rueda de bicicleta, sin hacer mayores aspavientos ya que se trata de un aperitivo discreto para matar el hambre y tener en cambio apetito, deseo o situación espiritual indispensable para dar cuenta del medio buey que se asa en la parrilla junto a las mollejas, chinchulines y otros detalles vacunos.

Mate: Infusión preparada con una yerba de la familia del té y para cuya ingestión se precisa: yerba mate preferentemente con pocos palitos; una calabaza denominada "mate" o "porongo", que suele ser una calabaza del tamaño de un puño forrada en delicada piel de cojón de toro o de chivo; alguien que sepa "cebar un mate", ritual que comienza con mojarse la palma de una mano, colocar sobre ella, boca abajo el "mate" sacudiéndolo con delicadeza para que suelte el polvillo, y que continúa con la incrustación precisa de la "bombilla", una suerte de pajita metálica, generalmente confeccionada en plata, por uno de cuyos extremos se chupa y succiona el mate. Finalmente, se sirve con agua caliente, jamás hervida, cuya temperatura no debe superar los 90°C ni ser inferior a los 50°C, ya que en ese caso el producto final no sería un mate sino un "tereré", que es la forma como lo toman los paraguayos durante las horas de feroz canícula; un termo con "pituto" o cánula que permite liberar un delicado chorrito y, finalmente, un sobaco fuerte para sostener el termo.

MILONGA: Palabra de origen africano que significa lío, problema, batahola, enredo. Por extensión, servía para designar a las casas de baile de los barrios periféricos de Montevideo y Buenos Aires y a las mujeres que trabajaban en ellos. Coexistió con la habanera, pero reinó en ambientes sociales muy humildes. Sin embargo, aunque sea hermana de la habanera, la milonga tiene una mayor relación con la música afroamericana. Adquirió su denominación cuando fue incluida en los repertorios de los establecimientos de baile o "milongas", nombre que se comenzó a dar a dicho género musical alrededor del año 1870.

La milonga tuvo una clara influencia en el surgimiento del tango, pero paralelamente evolucionó y también se mantuvo como género independiente. Incluso hay una especie de híbrido que ha sobrevivido con variada suerte —a tal punto que algunos estudiosos lo consideran extinguido— denominado tango milonga y que ha sido usado cuando los autores quisieron dar al tango un ritmo fuerte y sostenido. Durante su breve pasaje por el Montevideo de los años locos de 1920, Caín Grim intentó en vano crear una enérgica y contundente versión para charango y bombo legüero, pero al comprobar que los bombos se destruían con facilidad ante semejante ritmo y energía, desistió.

MILICO: Voz popular del sur de América para designar de modo peyorativo e indistinto a policías y militares, en particular aquellos de alta graduación que protagonizaron las dictaduras de las décadas de 1960-1980, considerados por muchos antropólogos algo así como el eslabón perdido de la evolución que separó al anfibio del mono, muy valorados por los indios ágrafos del sur de Brasil, a la hora de tomarlos como rehenes y canjearlos por baratijas en la aldea. Quienes han logrado verlos de cerca, los consideran carentes de toda imaginación, andan todos vestidos iguales, dan pasos de idéntica longitud, son católicos rabiosos y, confirmado que la excepción justifica la regla, en un mundo natural que se vincula dialécticamente en la eterna dependencia que da lugar a la vida, no sirven absolutamente para nada.

MINA: Sinónimo de mujer en el cono sur de América. Esencialmente alude a la mujer del prójimo. En el caso del hablar chileno la palabra tiene interesantes connotaciones históricas y que se relacionan con la minería. Sabido es que los españoles que cruzaron el desierto de Atacama y se metieron en Chile en 1542, iban en busca de minas de oro y plata. No las encontraron, pero a sus descendientes les quedó la frustración convertida en obsesión. De tal manera que, cuando un chileno ve pasar una mujer bella, de andar incendiario, de inmediato se retrotrae a la génesis de la conquista y ve El Dorado. Ve una mina de oro o de plata, inalcanzable, inconquistable, así que murmura "ésa es una Mina", y de inmediato cae en el pozo de la euforia depresiva que hace de los chilenos un pueblo muy alegre.

MOLLEJA: Otra víscera muy codiciada en los asados (véase "chinchulín").

ÑANDÚ: Avestruz frecuente en Argentina, Uruguay y sur de Brasil. Son más pequeñas que sus congéneres africanas, aunque sus pestañas son más largas y mejor rizadas. Sus huevos suelen pesar entre mil y mil quinientos gramos. Ver a un ñandú hembra poner un huevo es algo que parte el alma.

OEA: Literalmente, Organización de Estados Americanos, pero en realidad es como una academia de secretariado en donde los mandatarios del continente aprenden rudimentos de dactilografía, taquigrafía, *manicure*, corte y confección presupuestaria, disciplinas que los capacitan para ser becarios de la Casa Blanca. Su actual directora se llama Mónica Lewinsky.

PAYADA O PAYA: Forma de entretener y comunicar de manera sabia, amena y formativa, anterior a la televisión, a los informativos de CNN y al chat. La payada, suerte de diálogo cantado y con rima, es el arte de versear improvisando en décimas, sextetas o cuartetas, mantenido en general en contrapunto entre dos poetas populares acompañados de sus respectivas guitarras. Se trata de un arte desarrollado por excelencia en el cono sur de América a partir de fines del siglo XVIII, a través de un payador que, a cambio de comida y hospedaje compartía con los anfitriones el saber que la vida le había entregado, y al mismo tiempo, mediante la sana comparación de los lugares visitados, confirmaba la pertenencia de todos a la especie humana. Ej.: "pido permiso señores / aunque no soy convidao / pero en mi pago un asado / no es de naides y es de todos / voy a payar a mi modo / luego de haber puchereado". Suelen darse justas o torneos, "payadas" monumentales en las que los estancieros o patrones invitan a los mejores payadores, pagan a los jueces, generalmente maestros de la escuela del lugar, para que ponderen la precisión de la rima y la eficacia de los versos. Antes de iniciar "la payada" se decide si se payará "a lo humano", es decir haciendo referencia sólo a los asuntos que incumben a los hombres, mujeres y asuntos sociales, o "a lo divino", es decir con versos y argumentos de mayor trascendencia. Enseguida se decide si se payará en cuartetas, sextetas o en décimas. Hay referencias de "payadas" que han durado varias noches, con sus días, en las que las apuestas a favor de uno u otro payador sumaron cientos de ovejas o cabezas de ganado mayor. La historia popular del cono sur de América registra una payada sostenida entre un estanciero de Tierra del Fuego, don Javier de Larosa, y un payador mulato llegado del Uruguay, el Mulato Taboada. La apuesta inicial formulada por don Javier consistía en seis vacas Holsten contra las espuelas del mulato Taboada. Al cabo de dos noches, la apuesta había aumentado y el mulato era dueño de la mitad de la estancia, que sumaba unas dos mil cabezas de ganado, varias casas y dependencias. En un intento de recuperar lo perdido, y colocando sobre las cuerdas todo su prestigio de payador —y fue de los buenos—, don Javier lo desafió a una última "payada en décima" que cubrió con una apuesta salvaje: si él ganaba, lo recuperaba todo, más las espuelas del mulato, si perdía, en cambio, el mulato se quedaba con todo y él se mataba. Perdió, "payando a lo divino", y el poeta chileno Fernando Alegría le cantó en unos hermosos versos: "¿No payó el payador a lo divino / y a lo humano se ahorcó con cuerdas de guitarra…?" Así fue, en efecto. Don Javier de Larosa se colgó de un árbol con las cuerdas de la guitarra.

Uno de los payadores más famosos del siglo XIX, fue el argentino Gabino Ezeiza, en cuyo honor se denominó con su apellido al aeropuerto internacional de Buenos Aires.

Los Mellizos Grim, en cierto sentido, intentaron revolucionar el arte de los payadores mediante la inclusión del charango, en el aspecto musical, y del "aikú" como recurso métrico más breve. Sin embargo del interesante intento innovador, jamás llegaron a payar más de un par de versos antes de ser expulsados del lugar.

PAYADOR: Sujeto dado al arte de payar.

PETISO: Hombre bajito de estatura, pero algo más grande que un enano. Enano grande, según los enanos.

PONCHO: Prenda de vestir confeccionada en lana, que se diferencia de una vulgar manta por los flecos y el agujero en forma de tajo que tiene en el medio. Por él se mete la cabeza, sin sombrero, escafandra u otro cobertor. *"PONCHO"*: perro del escritor argentino Miguel Bonasso, pesadilla (el *Poncho*) de los aeropuertos europeos.

Pomarola: "Qué culpa tiene el tomate / que está tranquilo en la mata / si viene un hijo de puta y lo mete en una lata / y lo manda pa Caracas". Lo que está adentro de la lata es la Pomarola, aunque en Caracas no tienen idea de cómo hacer un buen tuco.

Pulpería: Almacén rural de insumos, ramos generales, ultramarinos, dotado de funcionales dependencias que hacían normalmente de bar, centro social destinado a la tercera edad, restaurante especializado en carnes, dispensario médico veterinario, consulta dental, centro de convenciones, oficina postal, casino, teatro, sala de cine a partir de 1920, y otras aplicaciones que dependían de la buena voluntad del pulpero.

Pulpero: Dueño o encargado de la pulpería. El pionero Sancti Spirit Wayne, padre de Juan de Dios Wayne viudo de Silver, escribió en 1877 que "the pulpero was the gaucho who helped in a pulpería. Most of these men were very little learned. He not only sold wine, food and other alcoholic drinks, but sold coffee during winter. In the summer he wore a shirt without vest, calzoncillos cribados and chiripá made of sheets or other light material. He sometimes wore flip-flop. The pulpero helped the servants who went for the necessary goods for the house like yerba, sugar or the ones who went for a drink".

Putas parió: Ají, guindilla, chile muy picante que se da con singular entusiasmo en las tierras secas del norte chico chileno, especialmente en las tierras aledañas a la muy noble y célebre villa de Ovalle. Los chinos y los mexicanos se ufanan de ser los comedores más feroces de especias picantes, pero evitan el putas parió aludiendo dignidades nacionales o temporales indisposiciones gastrointestinales que los de Ovalle no se tragan.

Quilombo: Esta expresión es un aportuguesamiento de la palabra "kilombu", que significa campamento en dialecto quimbundo. En Angola los quilombos representaron una forma de resistencia a la conquista portuguesa, muy similar a la táctica de guerrillas. Como la mayoría de los esclavos brasileños vino de Angola, no tardó en recrearse aquel estilo de lucha en las rebeliones de las zonas rurales donde vivía la gran masa proletaria del sistema, denominándose quilombos a las comunidades constituidas por los negros que se habían escapado. Ubicados en las selvas desconocidas, entre las sierras, en la espesura de los montes, inaccesibles a los ataques, muchos quilombos fueron descubiertos recién veinte, treinta y hasta cincuenta años después de su fundación y hasta el día de hoy, muchas de esas solitarias y primitivas comunidades permanecen en lugares perdidos del interior de Brasil. Hubo quilombos inmensos, pero ninguno tan popular como el de Palmares.

Las luchas de independencia en Bahía, provocaron una proliferación de quilombos extremadamente belicosos. Por lo general, en los quilombos había negros, mulatos e indios. Estos últimos acosados y amenazados de exterminio, buscaban la protección de los quilomberos, los cuales estaban mejor organizados. Las relaciones entre negros e indios eran excelentes. Tampoco era raro encontrar en los quilombos la presencia de blancos que tenían cuentas pendientes con la justicia esclavista. Finalmente, la palabra quilombo fue popularizada por los esclavistas y luego por la sociedad en general, como sinónimo de prostíbulo y también de lío, de desorden o de trifulca. Algunos periódicos patagones de la década del veinte, dan cuenta de "los numerosos quilombos armados por los Hermanos Grim, luego de ofender y enfurecer con sus osadas payadas libertinas, a connotados caudillos políticos de la zona".

República Oriental del Uruguay: Es la potencia más pequeña del mundo, ubicada como una cuña entre los dos grandilocuentes Brasil y Argentina. Como bien lo dice su nombre, a nadie se le ha ocurrido aún darle nombre a este país, pues se trata de una república establecida al oriente del río Uruguay y con esa característica se conformaron sus habitantes, quienes hasta el presente se llaman a sí mismo "uruguayos" u "orientales". En realidad, prefieren autodenominarse "orientales" para no ser confundidos con los paraguayos. Curiosamente los chinos al otro extremo del mundo, prefieren llamarse a sí mismos "chinos" y no "orientales", para no ser confundidos con los uruguayos, lo que en realidad no ocurre muy a menudo. A pesar del peso descomunal de sus vecinos, Uruguay fue campeón mundial de fútbol en 1930, cuando le ganó a Argentina 4 a 2, y en 1950 cuando venció a Brasil 2 a 1 en su propio estadio de Maracaná. Los uruguayos, en su aspecto, no difieren de los argentinos, paraguayos o chilenos, salvo por un extraño apéndice con forma de termo que les crece bajo un sobaco. El héroe nacional —no había espacio para otro— se llama Juan Alberto Schiaffino, "Pepe el Diablo", y si alguien menciona su nombre en territorio brasileño provoca una serie de suicidios colectivos.

Sopapo: Golpe dado con el torso o palma de la mano, es optativo pues lo que importa es que duela.

Surubí: Pez enorme, sabroso y contemplativo que suele nadar sin mayores preocupaciones por el río Paraná, evitando eso sí acercarse a Paso de la Patria, pues el riesgo de ser capturado por el escritor argentino Mempo Giardinelli (nieto del catedrático Güiliam Gwendolyn Giardinelli, "GGG" para sus amigos) lo paraliza de terror, se le erizan los bigotes, y con expresión de litoral desconcierto termina sus días en la parrilla.

Taba: La taba es el hueso astrágalo del vacuno y se lo usa tradicionalmente para el juego del mismo nombre, en el cono sur de América. En la mayoría de los casos a este hueso se lo enchapaba en plata o en bronce en sus extremos superior e inferior (culo/suerte). Es un juego rural clandestino y que, desde que se lo conoce a mediados del siglo XVII, jamás fue legalizado. Se juega entre dos personas y se prepara un campo de juego que se caracteriza por ser un terreno blando y húmedo llamado "cancha" o "queso". La cancha se divide en dos partes mediante una línea bien marcada y a partir de esa línea cada jugador debe tomar una distancia de aproximadamente seis metros. Enfrentados, cada jugador debe lanzar la taba hacia la cancha y pasar la línea hacia el lado contrario. Si no sobrepasa la línea, repite el tiro. La taba puede caer en diferentes posiciones: Con la parte lisa hacia arriba: "suerte", es ganadora. Con la parte hueca hacia arriba: "culo", es perdedora. En sentido figurado, existe la expresión popular de "echar culo", cuando se anda de mala suerte en cualquier situación.

Tatú o tatú mulita o quirquincho: Animal que pertenece a la familia de los dasipódidos dentro del orden de los edentados, especie de la que se conocen unas veinte variedades que viven desde las llanuras de Estados Unidos, hasta el sur de América. La más pequeña tiene unos veinte centímetros de largo y la más grande puede superar el metro. Se los llama también armadillos (por la caparazón que los cubre) y son muy apreciados por su carne. Se alimentan de hierbas e insectos, viven en cuevas en las praderas, tienen fuertes uñas que les permite realizar profundas excavaciones, lo que hace difícil su caza. El mayor de ellos es el Tatú Carreta (*Priodontes giganteus*), descendiente de los gliptodontes que vivieron en la Patagonia hace unos 70 millones de años, y cuyo peso supera en ocasiones los sesenta kilogramos. El Tatú Carreta, que todavía se lo puede encontrar en el nordeste argentino y el sur de Brasil, se encuentra en el Libro Rojo (Red Data Book) de la Unión Internacional para la Conservación de la Naturaleza (UICN) como una de las 70 especies en peligro de extinción de la región. Como dato final, vale la pena resaltar el modesto aporte del Tatú Carreta a la historia del transporte, pues la información que le llegó a Alexander von Humboldt sobre sus características morfológicas, le fue muy útil cien años más tarde a Ferdinand Porsche, mecánico y alcahuete de Adolfo Hitler, para inventar sin mayores esfuerzo el Volkswagen.

Torre gemela: La mención de las Torres Gemelas no provoca grandes desconciertos entre los latinoamericanos, pues, por asociación, piensan de inmediato en las Gemelas Torres —Maruja y Leonor Torres—, dos muchachas muy bellas, latinoamericanas e indocumentadas, que también fueron volteadas y convertidas en escombros por los yanquis en un cabaret de Las Vegas, sin que nadie protestara por eso.

TUNA: Higo chumbo, fruta que, por sus violentas y punzantes irrupciones epidérmicas sugiere una pera en plena adolescencia. Los habitantes del cono sur de América descubrieron que, quitándole la cáscara, es perfectamente comestible. No ha ocurrido así, al parecer, con los mexicanos, que insisten en cantar una declaración de principios vegetarianos que reza: "me he de comer esa tuna, me he de comer esa tuna / aunque me pinche la mano".

TUTO: Muslo de ave de tamaño manipulable. No se aplica en el caso del ñandú.

VICUÑA: Camélido andino que escupe como el guanaco, aunque con cierta elegancia, debido tal vez a la altanería de saberse forrado en una lana finísima.

VIEJO CHOTO: Expresión peyorativa con que se califica a un anciano que ha cometido estupideces e hijoputadas durante toda su vida y que todavía insiste en caer simpático a todo el mundo.

YACARÉ: Los artesanos del cuero y aun los peleteros europeos insisten en verlo como cinturón, bolso, maleta o billetera, pero se trata de un reptil de la familia de los cocodrilos, aunque más pequeño. Habita preferentemente en El Pantanal y el Bajo Mato Grosso, en colonias de pocos individuos, y su dieta principal son los mormones y pastores de la iglesia de los Últimos Días. Al contrario del cocodrilo del Misisipi, que aparece con frecuencia en las películas norteamericanas de presidiarios en fuga a través de los pantanos de la Florida, al yacaré no le gusta el cine.

Yunta: Pareja de bueyes unidos por el doble cepo o "yunta". Se aplica a los reos que comparten celda, a los amigos muy cercanos siempre que se trate de dos, por ejemplo, Castellanos y von Klatsch fueron una buena yunta. Aplícase también, de forma peyorativa, a los policías que van de a dos.

Yuyo(s): Vegetales silvestres de uso culinario, curativo, aromatizador, auxiliar en las artes amatorias, etc., que se diferencia de las hierbas silvestres justamente porque son yuyos.

Zampoña: Instrumento musical inspirado en la idea de un órgano de fuelles, pero portátil. Aunque los cultivadores interpretativos de esa pieza musical que muy bien pudo ser creada por Caín Grim titulada *El cóndor pasa* se mueran de indignación con lo que a continuación sigue, enfatizo que la palabra zampoña no tiene raíces quechuas o aymarás, sino que viene del latín *symphonia*.